William Shakespeare / Erich Fried

Wie es euch gefällt
Verlorene Liebesmühe

W0320728

Verlag Klaus Wagenbach Berlin

Grundlage für diesen Abdruck ist die Gesamtausgabe der Shakespeare-Übersetzungen von Erich Fried im Verlag Klaus Wagenbach (Berlin 1989).

Wagenbachs Taschenbuch 501
1. Auflage im August 2004
© 1989, 2004 für diese Ausgabe:
Verlag Klaus Wagenbach, Emser Straße 40/41, 10719 Berlin
Aufführungsrechte bei Felix Bloch Erben, Berlin. Umschlaggestaltung Julie August unter Verwendung eines Photos aus dem Theatermuseum Düsseldorf. Reihenkonzept: Rainer Groothuis. Das Karnickel auf Seite 1 zeichnete Horst Rudolph. Photo von Erich Fried: Catherine Fried-Boswell. Gesetzt aus der Korpus Concorde Nova von der Offizin Götz Gorissen, Berlin. Gedruckt und gebunden von Pustet, Regensburg
Printed in Germany. Alle Rechte vorbehalten
ISBN 3 8031 2501 4

Shakespeare / Fried

Wie es euch gefällt

Verlorene Liebesmühe

Wie es euch gefällt

Personen

Herzog (in der Verbannung)
Herzog Frederic (sein regierender Bruder, der ihn verdrängt hat)
Amiens – zwei Herren, die mit dem alten Herzog
Jaques – in die Verbannung gingen
Le Beau, Hofherr Frederics
Charles, Ringkämpfer Frederics
Oliver
Jaques – Söhne Herrn Roland de Bois
Orlando
Adam
Dennis – Diener Olivers
Prüfstein, ein Hofnarr
Hochwürden Oliver Stottertext, ein Landpfarrer
Corin
Silvius – zwei Hirten
William, ein Bauernsohn, verliebt in Audrey
Ein Maskenspieler, der Hymen darstellt
Rosalinde, Tochter des verbannten Herzogs
Celia, Tochter Frederics
Phoebe, eine Schäferin
Audrey, ein Landmädchen
Hofherren, Pagen, Förster, Gefolge

Schauplatz: Olivers Haus, Hof des Herzogs, Wald von Arden

Erster Akt

1. Szene

Obstgarten bei Olivers Haus
Orlando und Adam treten auf

ORLANDO: Soweit ich mich erinnere, Adam, war das mit dem Testament so: Er ließ mir nur arme tausend Kronen, und, wie du sagst, meinem Bruder trug er auf, bei seinem väterlichen Segen, mich gut zu erziehen. Und da fängt mein Unglück an. Meinen Bruder Jaques, den läßt er lernen, und was man sich von seinen Fortschritten erzählt, das ist reines Gold. Mich aber erzieht er daheim, wie einen Bauernjungen, oder hält mich eigentlich nur daheim und erzieht mich überhaupt nicht. Denn nennst du das Erziehung für einen Edelmann von meiner Geburt? Das unterscheidet sich doch nicht davon, wie ein Ochs im Stall gehalten wird. Um seine Pferde kümmert man sich mehr, denn sie haben nicht nur gutes Futter, sondern sie werden außerdem auch noch geschult, wofür teure Zureiter angestellt werden. Aber ich, sein Bruder, habe nichts von ihm, als daß ich groß und stark werde; und *dafür* sind seine Tiere auf dem Misthaufen ihm geradeso verpflichtet wie ich. Abgesehen von diesem Nichts, das er mir so reichlich gibt, scheint er mir aber das Etwas, das die Natur mir gegeben hat, wegnehmen zu wollen: Essen läßt er mich bei seinen Knechten, den Platz eines Bruders versperrt er mir; und, soweit es an ihm liegt, untergräbt er durch diese Erziehung meinen Adel. Das ist es, Adam, was mich kränkt, und die Natur meines Vaters, die ich, denke ich, in mir habe, beginnt gegen diese Knechtschaft aufzustehen. Ich will es nicht länger ertragen, obwohl ich noch keinen klugen Ausweg weiß.

ADAM: Dort kommt mein Herr, Euer Bruder.

ORLANDO: Geh ein paar Schritte weg, Adam, und hör, wie er mich anfährt. *Oliver tritt auf*

OLIVER: He, du! Was machst du da?

ORLANDO: Nichts. Man hat mich nicht gelehrt, etwas zu machen.

OLIVER: So. Und was machst du dann kaputt?

ORLANDO: Ach, Herr Bruder, ich helf Euch nur, das kaputt zu machen, was Gott gemacht hat: Euren armen unwerten Bruder kaputt zu machen, durch Nichtstun.

Oliver: Dann beschäftige dich besser. Scher dich fort!

Orlando: Soll ich Eure Schweine hüten und Treber mit ihnen essen? Bin ich denn der Verlorene Sohn, der sein Erbteil verschleudert hat, daß ich so ins Elend kommen muß?

Oliver: Weißt du, wo du bist, Bursche?

Orlando: Ja, Herr Bruder, ganz genau: Hier in Eurem Obstgarten.

Oliver: Weißt du, vor wem du stehst?

Orlando: Ja; besser als der, vor dem ich stehe, weiß, wer *ich* bin. Ich weiß. Ihr seid mein ältester Bruder, und wenn es zärtliche Blutsbande gibt, dann solltet Ihr auch wissen, daß *ich Euer* Bruder bin. Der Brauch der Völker gesteht Euch den Vorrang zu, weil Ihr der Erstgeborene seid, aber mein gleiches Blut nimmt mir dieser Brauch nicht, und wenn zwanzig Brüder zwischen uns wären: Ich hab von meinem Vater soviel in mir wie Ihr, obwohl Ihr ihm, das geb ich zu, an schuldiger Ehrfurcht nähersteht, weil Ihr vor mir kamt.

Oliver: Was, Knabe?!

Orlando: Komm, komm, großer Bruder! Dazu seid Ihr zu jung.

Oliver: Willst du Hand an mich legen, du Knecht?

Orlando: Ich bin kein Knecht; ich bin der jüngste Sohn des Herrn Roland de Bois. Er war mein Vater, und der ist dreifach ein Knecht, der sagt, daß so ein Vater Knechte gezeugt hat! Wärst du nicht mein Bruder, ich würde diese Hand nicht von deiner Kehle lassen, bevor die andre dir dafür die Zunge ausgerissen hätte: du hast dich selbst gelästert.

Adam: Beste Herren, beruhigt euch! Um des Andenkens eures Vaters willen, haltet Eintracht!

Oliver: Laß mich los, sag ich.

Orlando: Nicht, bevor ich will: Ihr sollt mich anhören. Mein Vater trug Euch in seinem Testament auf, mich gut erziehen zu lassen. Und Ihr habt mich großgezogen wie einen Bauern und mir alles, was zu einem Edelmann gehört, versperrt und vorenthalten. Die Natur meines Vaters wird stark in mir, und ich will's nicht länger ertragen. Drum gesteht mir eine Ausbildung zu, wie sie sich für einen Edelmann ziemt, oder zahlt mir das arme Erbteil aus, das mein Vater mir im Testament ließ; damit will ich gehen und mein Glück zu erkaufen versuchen.

Oliver: Und was willst du weiter tun? Betteln, wenn das durchgebracht ist? Gut; mach, daß du ins Haus kommst. Ich will mich nicht lange mit dir ärgern. Deinen Willen sollst du haben – zum Teil. Ich bitt dich, laß mich!

ORLANDO: Ich will von Euch nichts weiter, als was mir zu meinem Besten zusteht.

OLIVER: Pack dich mit ihm, du alter Hund!

ADAM: Ist »alter Hund« mein Lohn? Ganz wahr: In Eurem Dienst sind mir die Zähne ausgefallen. Gott segne meinen alten Herrn; der hätt so ein Wort nicht über die Lippen gebracht!

Orlando und Adam ab

OLIVER: So steht's also? Fängst du an, mir über den Kopf zu wachsen? *Dich* heil ich noch von deinem wilden Blut! Und die tausend Kronen geb ich dir auch nicht. He, Dennis! *Dennis kommt*

DENNIS: Euer Gnaden rufen?

OLIVER: Wollte mich nicht Charles sprechen, des Herzogs Ringer?

DENNIS: Beliebt's Euch, er steht vor der Tür und bittet um Zutritt.

OLIVER: Ruf ihn herein! *(Dennis ab)* So geht's auf gute Art; der Ringkampf ist schon morgen. *Charles tritt auf*

CHARLES: Guten Morgen, Euer Gnaden.

OLIVER: Mein guter Monsieur Charles, was sind die neuesten Neuigkeiten vom neuen Hof?

CHARLES: Keine Neuigkeiten am Hof, Herr, als die alten. Das heißt, daß der alte Herzog von seinem jüngeren Bruder, dem neuen Herzog, verbannt ist; und drei oder vier Herren, die ihn lieben, sind freiwillig mit ihm ins Exil. Ihre Güter und Einkünfte bereichern den neuen Herzog, also hat er ihnen gern erlaubt, davonzuziehen.

OLIVER: Könnt Ihr sagen, ob Rosalinde, des Herzogs Tochter, mit ihrem Vater verbannt ist?

CHARLES: Nein, nein; denn des Herzogs Tochter, ihre Kusine, liebt sie so, da sie doch von der Wiege an miteinander aufwuchsen, daß sie ihr in die Verbannung nachgefolgt oder dran gestorben war, zurückbleiben zu müssen. Sie ist am Hof, und ihr Onkel liebt sie nicht weniger als seine eigene Tochter. Nie haben zwei Damen einander mehr geliebt als die zwei.

OLIVER: Wo soll denn der alte Herzog sein?

CHARLES: Man sagt, er ist schon im Wald von Arden, und viele lustige Leute mit ihm; und dort leben sie wie der alte Robin Hood mit seinen Geächteten. Man sagt, viele junge Herren strömen ihm tagtäglich zu und leben sorglos in den Tag hinein, wie im goldenen Zeitalter.

OLIVER: Sagt, Ihr zeigt Euch also morgen vor dem neuen Herzog im Ringkampf?

CHARLES: Jawohl, Herr; und ich wollte Euch da etwas sagen. Man hat mir, Herr, im Vertrauen zugeflüstert, daß Euer jüngerer Bruder Orlando in Verkleidung einen Gang mit mir wagen will. Morgen, Herr, ringe ich aber für meinen Ruhm, und wer mir da ohne gebrochene Knochen davonkommt, der muß sich wirklich gut halten. Euer Bruder ist doch noch jung und zart, und schon um Eurer Liebe willen wär's mir leid, ihm anzutun, was ich um meiner Ehre willen tun muß, wenn er sich stellt. Darum kam ich her, aus Liebe zu Euch, um Euch zu sagen, daß Ihr ihn entweder von seinem Vorhaben abhaltet, oder daß Ihr mir nicht übelnehmen sollt, was ihm da zustößt, wenn er sich's doch selber zuzieht, ganz gegen meinen Willen.

OLIVER: Charles, ich danke dir für deine Liebe. Du wirst finden, daß ich sie dir freundlichst vergelten will. Ich selbst hatte schon einen Wink von meines Bruders Absicht und habe unter der Hand versucht, ihn davon abzubringen, aber er besteht darauf. Ich sag dir, Charles, er ist der hartnäckigste junge Kampfhahn in ganz Frankreich, voller Ehrgeiz, ein neidischer Nebenbuhler für jeden mit guten Gaben, ein heimlicher und niederträchtiger Intrigant gegen mich, seinen leiblichen Bruder. Darum tu, was du willst. Mir wär's grad so lieb, wenn du ihm den Hals brächst wie den Finger. Und sieh dich nur vor, denn wenn du ihn nur im geringsten demütigst, oder wenn er nicht auf deine Kosten große Ehre gewinnen kann, dann wird er dir mit Gift nachstellen, dich in irgendeine verräterische Falle locken und dir nie mehr Ruhe lassen, bis er dich auf irgendeine hinterhältige Art umgebracht hat. Denn ich versichere dir und ich sag das fast unter Tränen –, es lebt heut keiner, der so jung und schon so verdorben wäre. Ich spreche noch brüderlich von ihm, denn sollte ich ihn dir zergliedern, wie er wirklich ist, so müßt ich erröten und weinen, und du müßtest blaß werden vor Staunen.

CHARLES: Ich bin von Herzen froh, daß ich zu Euch herkam. Wenn er morgen kommt, dann geb ich ihm seinen Lohn. Geht er je wieder auf eigenen Beinen, so will ich nie mehr um einen Preis ringen! Gott behüte Euer Gnaden. *Ab*

OLIVER: Lebt wohl, guter Charles. Nun will ich dieses Kampfhähnchen anspornen. Ich hoffe, ich seh sein Ende mit an, denn mein Herz, ich weiß gar nicht warum, haßt nichts so sehr wie ihn. Dabei ist er doch sanft, nie zur Schule gewesen und doch unterrichtet; voll edler Art, bei aller Welt beliebt, als wären sie bezaubert. Wirklich, er liegt allen, und besonders meinen eigenen Leuten, die ihn am besten kennen, so am Herzen, daß *ich* dabei ganz und gar unterschätzt werde. Aber das soll nicht lange so bleiben. Dieser Ringer soll mit all dem aufräumen! Jetzt bleibt nichts zu tun, als daß ich den Knaben dorthin hetze; das will ich gleich tun. *Ab*

2. Szene

Wiese vor des Herzogs Palast
Rosalinde und Celia treten auf

CELIA: Ich bitte dich, Rosalinde, süße Kusine, sei lustig.

ROSALINDE: Liebe Celia, ich zeige schon mehr Frohsinn, als ich wirklich habe, und du willst, daß ich noch lustiger sein soll. Wenn du mich nicht lehren kannst, einen verbannten Vater zu vergessen, dann darfst du nicht verlangen, daß mir etwas außergewöhnlich Lustiges in den Sinn kommen soll.

CELIA: Daran seh ich, daß du mich doch nicht ganz so liebst wie ich dich! Wenn mein Onkel, dein verbannter Vater, deinen Onkel, meinen Vater, den Herzog, verbannt hätte, so hätte ich, wenn nur du noch bei mir gewesen wärst, meiner Liebe beigebracht, deinen Vater für meinen zu nehmen. Das tätest du *auch*, wenn deine Liebe zu mir wirklich so echt wäre wie meine zu dir.

ROSALINDE: Gut, ich will *mein* Glück vergessen, um mich an *deinem* zu freuen.

CELIA: Du weißt, mein Vater hat kein Kind als mich, auch keine Aussicht, noch eins zu bekommen. Und ich sage dir, wenn er stirbt, dann sollst du seine Erbin sein, denn was er deinem Vater mit Gewalt genommen hat, das will ich dir in Liebe wiedergeben. Bei meiner Ehre, ich will's! Und wenn ich diesen Eid breche, dann soll ich ein Ungeheuer werden. Drum, meine süße Rose, meine liebe Rose, sei lustig!

ROSALINDE: Das will ich von nun an, Kusinchen; ich will Späße ausdenken. Laß sehen, was hältst du davon, sich zu verlieben?

CELIA: Ah, schön! Tu's nur, zum Spaß. Aber liebe keinen Mann im

Ernst, und auch zum Spaß nicht weiter, als daß du mit einem reinen Erröten in Ehren wieder davonkommst.

ROSALINDE: Worin soll unser Spaß dann bestehen?

CELIA: Laß uns sitzen und die gute Hausfrau Fortuna von ihrem Rat wegspotten, damit ihre Glücksgaben in Zukunft gleich verteilt werden.

ROSALINDE: Ich wollt, wir könnten's! Ihre Wohltaten sind ja oft ganz fehl am Platz; die größten Fehler macht die großzügige Frau in ihren Geschenken an Frauen.

CELIA: Das ist wahr: die sie schön macht, die macht sie selten anständig; und die sie anständig macht, die macht sie ganz häßlich.

ROSALINDE: Nein, jetzt gehst du ja von *Fortunas* Amt zu dem der Natur über! Fortuna herrscht über die weltlichen Gaben, nicht über die Züge der Natur. *Prüfstein tritt auf*

CELIA: Nein? Wenn die Natur ein schönes Geschöpf gemacht hat, kann Fortuna das nicht ins Feuer fallen lassen? Und wenn die Natur uns auch Witz verliehen hat, um Fortuna zu spotten, hat nicht Fortuna diesen Narren hereingeschickt, um das Gespräch abzuschneiden?

ROSALINDE: Wirklich, da ist Fortuna zu hart mit der Natur, wenn sie durch *den* Naturburschen da, dem es an Naturverstand fehlt, unserem glücklichen Geistesspiel ein Ende macht.

CELIA: Wer weiß, vielleicht ist auch das nicht das Werk Fortunas, sondern der Natur, die unseren Naturverstand zu stumpf findet, über solche Göttinnen zu klügeln. Drum hat sie uns diesen Naturburschen zum Schleifstein gesetzt; die Narrheit des Narren ist immer der Schleifstein des Geistreichen. Nun, du großer Geist, wohin irrst du?

PRÜFSTEIN: Fräulein, Ihr müßt zu Eurem Vater kommen.

CELIA: Hat man Euch zum Boten gemacht?

PRÜFSTEIN: Nein, bei meiner Ehre! Aber man hieß mich, Euch holen.

ROSALINDE: Wo hast du diesen Schwur gelernt, Narr?

PRÜFSTEIN: Von einem gewissen Ritter, der bei seiner Ehre schwur, die Pfannkuchen wären gut, und bei seiner Ehre schwur, der Senf sei nichts. Nun stehe ich dafür ein, die Pfannkuchen waren gar nichts, und der Senf war gut, und doch hatte der Ritter nicht falsch geschworen.

CELIA: Wie beweist Ihr das in der Fülle Eurer Gelehrsamkeit?

Rosalinde: Ja, nehmt nur Eurer Weisheit den Maulkorb ab!

Prüfstein: Tretet beide vor, streicht euch über's Kinn und schwört bei euren Bärten, daß ich ein Schuft bin.

Celia: Bei unsern Bärten, wenn wir sie hätten, das bist du!

Prüfstein: Bei meiner Schuftigkeit, wenn ich sie hätt, dann wär ich einer. Aber wenn ihr bei etwas schwört, was nicht ist, so habt ihr nicht falsch geschworen. Genauso wenig wie der Ritter, der bei seiner Ehre schwur, denn er hatte gar keine, oder wenn, so hatte er sie schon weggeschworen, bevor er je die Pfannkuchen oder den Senf sah.

Celia: Sag, bitte, wen du da meinst?

Prüfstein: Einen, den der alte Herzog Frederic, Euer Vater, liebt.

Celia: Meines Vaters Liebe ist genug, *ihm* zur Ehre zu verhelfen. Sagt nichts mehr von ihm. Ihr werdet noch eines Tages für üble Nachrede ausgepeitscht werden.

Prüfstein: Desto schlimmer, daß Narren nicht mehr klüglich sagen dürfen, was die Klugen für Narrheiten machen.

Celia: Meiner Treu, du sagst die Wahrheit. Denn seit das bißchen Klugheit, das die Narren haben, zum Schweigen gebracht wurde, macht das bißchen Narrheit, das die Klugen haben, viel Aufhebens von sich. Da kommt Monsieur Le Beau.

Rosalinde: Mit seinem Mund voll Neuigkeiten,

Celia: Die er uns gleich einflößen wird, wie Tauben ihre Jungen füttern.

Rosalinde: Dann werden wir mit Neuigkeiten gemästet.

Celia: Desto besser, so haben wir mehr Marktwert. *Le Beau tritt auf* Bonjour, Monsieur Le Beau, was gibt's Neues?

Le Beau: Schöne Prinzessin, Euch ist viel guter Spaß entgangen,

Celia: Spaß? Von welcher Farbe?

le beau: Von welcher Farbe, Madame? Wie soll ich Euch antworten?

Rosalinde: Wie Witz und Glück es Euch gestatten.

Prüfstein: Oder wie's das Schicksal beschließt.

Celia: Gut gesagt! Das war dick aufgetragen.

Prüfstein: Ja, wenn ich nicht im besten Geruch stehe…

Rosalinde: So verlierst du deinen alten Geschmack.

Le Beau: Meine Damen, ihr bringt mich aus der Fassung, Ich wollte Euch von einem guten Ringkampf erzählen, den Ihr versäumt habt.

Rosalinde: Sagt uns doch, was bei dem Ringkampf los war.

LE BEAU: Ich will Euch den Anfang erzählen, und wenn es Euren Gnaden beliebt, könnt Ihr das Ende ansehen; denn das Beste soll noch kommen. Und um es auszukämpfen, kommen sie gerade her, wo Ihr jetzt seid.

CELIA: Gut. Der Anfang, der tot und begraben ist?

LE BEAU: Da kam ein alter Mann und seine drei Söhne…

CELIA: Ich weiß ein altes Märchen, das so anfängt.

LE BEAU: Drei stattliche junge Männer von trefflichem Wuchs und Ansehen.

ROSALINDE: Mit Zetteln um ihren Hals: »Sei es jedermann kundgetan…«

LE BEAU: Der älteste von den dreien rang mit Charles, des Herzogs Ringer; aber Charles warf ihn augenblicklich nieder und brach ihm drei Rippen, so daß für sein Leben nur wenig Hoffnung ist; genauso verfuhr er mit dem zweiten und mit dem dritten. Dort drüben liegen sie, und der arme alte Mann, ihr Vater, jammert so herzzerreißend um sie. daß alle Zuschauer mit ihm weinen.

ROSALINDE: Wie traurig!

PRÜFSTEIN: Aber was ist der Spaß, Monsieur, der den Damen entgangen ist?

LE BEAU: Nun. der, von dem ich spreche.

PRÜFSTEIN: So wird man täglich klüger. Das erste Mal, daß ich höre, daß Rippenbrechen ein Spaß für Damen ist!

CELIA: Ich auch, das versichere ich dir.

ROSALINDE: Will sonst noch jemand sich von diesem Schlaginstrument die Musik des eigenen Atems zerstören lassen? Noch einer, der auf zerbrochene Rippen aus ist? Sollen wir diesen Ringkampf ansehen, Kusinchen?

LE BEAU: Ihr müßt, wenn ihr hierbleibt. Denn diese Stelle ist zum Kampf ausgewählt, und sie sind schon bereit,

CELIA: Wirklich, da kommen sie. Bleiben wir und sehen zu.

Trompetenstoß

Frederic, Hofherren, Orlando, Charles und Gefolge

FREDERIC: Nun gut; da der junge Mann nicht hören will, komme sein Übermut auf seinen eigenen Kopf.

ROSALINDE: Ist der dort der Mann?

LE BEAU: Ja, Madame.

CELIA: Ach, er ist doch zu jung! Sieht aber aus, als könnt er siegen.

FREDERIC: Nun, Tochter und Nichte! Seid ihr hergeschlichen, um den Ringkampf zu sehen?

ROSALINDE: Ja, mein Fürst, mit Eurer gütigen Erlaubnis.

FREDERIC: Ihr werdet wenig Freude dran haben, das kann ich euch sagen. Die Kämpfer sind zu ungleich. Der Herausforderer ist so jung, daß ich ihn aus Mitleid gern davon abbringen möchte, aber er läßt sich nicht raten. Sprecht Ihr mit ihm, Fräulein; seht, ob Ihr ihn bewegen könnt.

CELIA: Ruft ihn her, guter Monsieur Le Beau!

FREDERIC: Tut das! Ich will nicht dabei sein. *Zieht sich zurück*

LE BEAU: Herr Ausforderer, ihre Durchlaucht die Prinzessin wünschen Euch zu sprechen.

ORLANDO: Ich steh ehrerbietig zu aller beider Damen Diensten.

ROSALINDE: Junger Mann, habt Ihr den Ringkämpfer Charles herausgefordert?

ORLANDO: Nein, schöne Prinzessin, er ist es, der *alle* herausfordert. Ich komme nur wie andere auch, um die Kraft meiner Jugend mit ihm zu messen.

CELIA: Junger Herr, Euer Geist ist zu kühn für Eure Jahre. Ihr habt grausame Beweise der Kraft dieses Mannes gesehen. Wenn Ihr Euch selbst mit eigenen Augen sehen oder mit Eurem eigenen Urteil erkennen könntet, müßte Euch die Furcht vor diesem Abenteuer zu einem weniger ungleichen Wagnis raten. Wir bitten Euch um Eurer selbst willen, denkt an Eure Sicherheit und gebt diesen Versuch auf!

ROSALINDE: Ja, junger Herr! Eurem Ruf soll das nicht schaden. *Wir* wollen die sein, die den Herzog bitten, den Kampf abzublasen.

ORLANDO: Bitte, straft mich nicht, indem ihr so schlecht von mir denkt; obwohl ich mich selbst schuldig fühle, so schönen, so außerordentlichen jungen Damen etwas abschlagen zu können. Aber Eure schönen Augen und guten Wünsche sollen mich begleiten, wenn ich's versuche. Wirft er mich zu Boden, so trifft die Schande nur einen, dem noch nie Ehre zuteil wurde. Tötet er mich, so ist nur einer tot, dem nichts dran lag. Meinen Freunden tu ich damit nichts an, denn ich habe keine, die um mich weinen; der Welt erwächst kein Nachteil, denn ich besitze nichts in ihr: ich nehme in ihr nur einen Platz weg, der vielleicht besser besetzt wird, wenn ich ihn geräumt habe.

ROSALINDE: Das bißchen Kraft, das ich hab – ich wollt, es vermehrte Eure.

CELIA: Und meine auch, um ihre zu vergrößern!

ROSALINDE: Lebt wohl: Gebe der Himmel, daß Ihr stärker seid als ich glaube.

CELIA: Eures Herzens Wunsch werde Euch erfüllt!

CHARLES: Nun, wo ist denn dieser junge Waghals, der sich so danach sehnt, bei seiner Mutter Erde zu liegen?

ORLANDO: Hier, Herr! Aber in anständigerer Absicht!

FREDERIC: Ihr sollt nur *einen* Gang versuchen!

CHARLES: Nein, Euer Gnaden, dafür steh ich Euch: zu einem zweiten kriegt Ihr ihn nicht mehr, wo Ihr ihm doch vom ersten so dringend abgeraten habt.

ORLANDO: Wenn Ihr mich nachher spotten wollt, dann solltet Ihr's nicht vorher tun! Aber kommt: kommt nur!

ROSALINDE: Herkules steh dir bei!

CELIA: Ich wollt, ich war unsichtbar, dann könnt ich dem starken Kerl ein Bein stellen. *Ringkampf beginnt*

ROSALINDE: Er hält sich aber ausgezeichnet für seine Jugend!

CELIA: Wenn meine Augen Blitze schleudern könnten, ich wüßt, wer zu Boden fiele! *Geschrei, Charles fällt schwer zu Boden*

FREDERIC *(steht auf)*: Nicht weiter! Nicht weiter!

ORLANDO: Doch! Ich flehe Euer Hoheit an! Ich bin noch gar nicht recht in Fahrt!

FREDERIC: Wie ist dir, Charles?

LE BEAU: Er kann nicht reden, mein Fürst.

FREDERIC: Tragt ihn weg. – Junger Mann, was ist dein Name?

ORLANDO: Orlando, Hoheit: der jüngste Sohn des Herrn Roland de Bois.

FREDERIC: Ich wollt, du wärest eines andern Sohn:
Die Welt hat deinen Vater hoch geachtet,
Ich aber fand nur einen Feind an ihm.
Dein Sieg hier hätte mich noch mehr gefreut,
Wenn du aus einem andern Hause stammtest.
Leb wohl; du bist ein tapferer junger Mann.
Schad, daß du keinen andern Vater nanntest.

Frederic mit Le Beau und Gefolge ab

CELIA: Wenn *ich* mein Vater wär, tät *ich* das, Liebe?

ORLANDO: Ich bin zu stolz, Herrn Rolands Sohn zu sein,
Sein jüngster Sohn, um *den* Namen zu tauschen,
Auch wenn mich Frederic dann zum Erben nähme.
ROSALINDE: Vater liebte Herrn Roland wie sein Leben,
Und alle Welt dachte so wie mein Vater:
Hätt ich gewußt, daß er sein Sohn ist, ich hätt
Nicht nur gebeten, nein, geweint vor ihm,
Ihn vor Gefahr zu schützen.
CELIA: Ach, Kusinchen!
Gehn wir ihm danken, ihn ermutigen;
Wie rauh und mißgünstig mein Vater war,
Sticht mich ins Herz. – Herr, Ihr seid sehr verdienstvoll!
Haltet, was Ihr versprecht, auch in der Liebe,
Wie Ihr jetzt übertraft, was Ihr verspracht,
Und Euer Schatz wird glücklich sein.
ROSALINDE *(gibt ihm eine Kette von ihrem Hals)*: Mein Herr,
Tragt dies für mich: eine, die nicht viel Glück hat,
Die Hand hier gäb Euch mehr, wenn sie mehr hätte. –
Gehn wir, Kusine?
CELIA: Ja. Lebt wohl, mein Herr!
ORLANDO: Kann ich nicht sagen, dank Euch? Ist mein bessres
Ich ganz gestürzt, und was hier aufrecht steht, ist
Nur eine Zielscheibe, ein toter Holzklotz?
ROSALINDE: Er ruft nach uns. – Mein Stolz fiel, wie mein Glück:
Ich frag ihn, was er will! Herr, rieft Ihr uns?
Herr, Ihr habt gut gekämpft – und mehr besiegt
Als Eure Feinde nur.
CELIA: Kommst du, Kusine?
ROSALINDE: Ach, du! Ich komm schon. Ihr: – viel Glück! – Lebt wohl!
Rosalinde und Celia ab
ORLANDO: Welches Gefühl beschwert so meine Zunge?
Ich fand kein Wort für sie: sie *wollte* sprechen.
Armer Orlando, nun bist *du* besiegt!
Und ist's nicht Charles, so stürzt dich etwas Schwächres.
Le Beau kommt zurück
LE BEAU: Mein guter Herr, ich rate Euch in Freundschaft,
Geht fort von hier. Zwar habt Ihr hohes Lob
Verdient und echten Beifall und auch Liebe,

Jedoch des Herzogs Stimmung ist nun so,
Daß er alles mißdeutet, was Ihr tatet.
Launenhaft ist der Herzog; wie er wirklich
Ist, solltet Ihr mehr ahnen als ich sagen.
ORLANDO: Ich dank Euch, Herr. Nur, bitte, sagt mir eines:
Wer von den beiden war des Herzogs Tochter,
Die hier beim Ringkampf waren?
LE BEAU: Ging's nach dem Wesen, keine von den beiden.
Doch tatsächlich, die Kleinere ist seine.
Die andere ist die Tochter des verbannten
Herzogs, die hier von ihrem Onkel, der
Die Macht ergriff, zurückgehalten wurde
Als Freundin seiner Tochter; denn die lieben
Einander mehr als zwei wirkliche Schwestern.
Aber ich kann Euch sagen, daß seit neustem
Der Herzog gegen seine Nichte ist,
Aus keinem andern Grund, als daß die Leute
Gut von ihr sprechen, ihretwegen, und sie
Bedauern, ihres guten Vaters wegen,
So wahr ich leb, sein Zorn auf dieses Fräulein
Bricht irgendeinmal plötzlich los. – Lebt wohl, Herr!
Später, in einer besseren Welt als diese,
Erhoff ich mehr von Eurem werten Umgang.
ORLANDO: Ich bleib Euch sehr verbunden, Herr; lebt wohl.
Le Beau ab
Vom Regen muß ich in die Traufe dann:
Vom Herzog hin zum Bruder; auch Tyrann! –
Aber himmlische Rosalinde! *Ab*

3. Szene

Zimmer im Palast
Celia und Rosalinde treten auf

CELIA: Ach, Kusinchen! Ach, Rosalinde! Amor sei uns gnädig! Nicht ein Wort?

ROSALINDE: Nicht einmal eins, das man einem Hund hinwirft.

CELIA: Nein, deine Worte sind zu kostbar, um sie einem Köter hinzuwerfen. Wirf doch mir einige zu! Komm, schlag mich mit Vernunftgründen lahm!

ROSALINDE: Dann wären gleich wir beide Kusinen krank, wenn die eine mit Vernunftgründen geschlagen wäre, und die andere ganz unvernünftig und *ohne* Grund!

CELIA: Aber ist das alles wegen deines Vaters?

ROSALINDE: Nein, etwas davon ist wegen meines Kindes Vater. O, wie voll von Dornen ist diese Werktagswelt!

CELIA: Dornen? Das sind nur Kletten, Kusinchen, die bei einem Festtagsspaß auf dich geworfen wurden. Wenn wir nicht auf vorgezeichneten Wegen gehen, so verfangen sich welche in unseren Röcken.

ROSALINDE: Vom Rock könnte ich sie abschütteln: *diese* Kletten hängen an meinem Herzen.

CELIA: Schnipp sie weg!

ROSALINDE: Das würde ich versuchen, wenn ich mit den Fingern schnippen und ihn haben könnte.

CELIA: Komm, komm! Ringe mit deinen Gefühlen!

ROSALINDE: Ach, die nehmen Partei für einen besseren Ringkämpfer als ich bin.

CELIA: Ach, dann helf dir der Himmel, da wirst du's mit der Zeit doch versuchen, sogar wenn du fällst. Aber geben wir diesen Scherzen den Laufpaß und sprechen wir im Ernst: Ist es möglich, daß du so plötzlich eine so starke Neigung für des alten Herrn Roland jüngsten Sohn fassen konntest?

ROSALINDE: Als mein Vater noch Herzog war, hat er seinen Vater von Herzen geliebt.

CELIA: Folgt denn daraus, daß du heute seinen Sohn von Herzen lieben mußt? Danach müßte *ich* ihn doch hassen, denn mein Vater hat seinen Vater von Herzen gehaßt; und doch hasse ich den Orlando nicht.

ROSALINDE: Nein, bitte nicht! Haß ihn nicht, schon um meinetwillen nicht!

CELIA: Warum sollt' ich auch? Verdient er nicht alles Gute?

ROSALINDE: Und deshalb laß mich ihn lieben! Und liebe du ihn, weil ich es tu. Schau, da kommt der Herzog.

CELIA: Die Augen voller Zorn! *Frederic mit Hofherren tritt auf*

FREDERIC: Fräulein, je schneller, desto sichrer für Euch,
Packt Euch von Unsrem Hof!

ROSALINDE: Onkel?!

FREDERIC: Ja, Nichte!
Findet man dich nach zehn Tagen im Umkreis
Von zwanzig Meilen hier von Unserm Hof,
Dann stirbst du.

ROSALINDE: Ich fleh Euer Gnaden an,
Gebt mir doch Kenntnis auf den Weg mit, was ich
Getan hab, denn wenn ich mich selbst versteh,
Oder doch meine eigenen Wünsche kenne,
Wenn ich nicht träume, und wenn ich nicht toll bin –
Und ich bin's sicher nicht – dann, lieber Onkel,
Trat noch kein ungeborener Gedanke
Zu nah Euch, Hoheit.

FREDERIC: Ach, alle Verräter,
Wenn Worte sie reinwaschen könnten, sind
So unschuldig wie göttliche Gnade selber!
Laß dir's genügen, daß ich dir nicht traue.

ROSALINDE: Mißtrauen macht mich noch nicht zum Verräter:
Sagt mir, worauf Euer Verdacht beruht.

FREDERIC: Du
Bist deines Vaters Tochter; das genügt.

ROSALINDE: Das war ich auch, als Eure Hoheit ihm sein
Herzogtum wegnahm, als Ihr ihn verbanntet.
Verrat liegt nicht im Blut, mein Fürst; doch wenn wir
Ihn auch von Freunden kriegten, wie trifft *mich* das?
Mein Vater jedenfalls war kein Verräter,
Drum, bester Herr, verkennt mich nicht so sehr,
Zu glauben, meine Armut sei verräterisch.

CELIA: Teurer Herr und Gebieter, hör mich!

FREDERIC: Ja?

Dir zulieb, Celia, ließen wir sie bleiben,
Sonst irrte sie umher mit ihrem Vater.
CELIA: Damals bat ich Euch nicht, sie hier zu lassen,
Ihr selber wolltet's. Eure eigene Reu war's;
Ich war damals zu jung, um sie zu schätzen.
Jetzt aber kenn ich sie: Wenn sie Verrat übt,
Dann tu's auch ich: Stets schliefen wir zusammen,
Standen zusammen auf, lernten und spielten,
Aßen zusammen, und wo wir auch gingen,
Dort waren wir, Schwänen der Juno gleich,
Immer zu zweit und immer unzertrennlich.
FREDERIC: Sie ist zu schlau für dich; wie sie sich sanft gibt,
Wie sie Geduld zeigt, wie sie schweigt, das alles
Spricht zu dem Volk, und es bedauert sie.
Du Dummkopf, du: Sie raubt dir deinen Namen.
Du wirst viel strahlender, rühmenswerter dastehn,
Wenn sie erst weg ist. Drum tu nicht den Mund auf:
Mein Spruch steht fest und ist nicht widerruflich,
Der gegen sie erging: sie ist verbannt.
CELIA: Dann sprecht das Urteil mir auch aus, mein Fürst;
Ich kann nicht ohne ihre Nähe leben.
FREDERIC: Du bist ein Dummkopf. – Ihr, Nichte, seht zu:
Wenn Ihr die Zeit versäumt, bei meiner Ehre
Und meines Wortes voller Geltung, sterbt Ihr.
Frederic und Gefolge ab
CELIA: o arme Rosalinde! Wohin willst du?
Willst du jetzt Väter tauschen? Nimm du meinen!
Ich bitt dich, sei nicht trauriger als ich bin.
ROSALINDE: Ich hab mehr Grund.
CELIA: Das hast du nicht, Kusine!
Freu dich doch, bitte! Weißt du nicht, der Herzog
Hat mich verbannt, die eigene Tochter?
ROSALINDE: Nein.
CELIA: Nein, nicht? Dann fehlt dir Liebe, Rosalinde,
Zu lehren dich, daß du und ich nur eins sind.
Soll'n wir getrennt sein, Liebste, wir entzweit?
Nein, mag mein Vater sich 'ne andre Erbin suchen!
Du denk mit mir nur aus, wie wir entfliehn,

Wohin wir gehn und was wir mit uns nehmen.
Versuch du nicht, die Last nur selbst zu tragen,
Den ganzen Kummer, und mich auszuschließen!
Beim Himmel, der nun blaß von unserm Leid ist,
Was du auch sagst, ich gehe doch mit dir.
ROSALINDE: Doch wohin soll'n wir gehn?
CELIA: Nun, auf die Suche
Nach meinem Onkel, in den Wald von Arden.
ROSALINDE: Ach, wie gefährlich wird das für uns sein,
Als Mädchen, die wir sind, so weit zu wandern!
Schönheit lockt Diebe schneller noch als Gold.
CELIA: Ich hülle mich in arme, schlechte Kleidung
Und färbe mir mit Ocker mein Gesicht.
Tu du das auch; dann kommen wir schon durch
Und bleiben ungeschoren.
ROSALINDE: Wär's nicht besser,
Weil ich doch größer als der Durchschnitt bin,
Wenn ich mich anzieh, als ob ich ein Mann wär?
Den guten kurzen Säbel an der Seite,
Den Jagdspieß in der Hand – lag auch im Herzen
Mir noch soviel an Weiberangst versteckt –
Wir sehn nach außen prunkend aus und kriegrisch,
Wie viele andre männliche Hasenfüße,
Die das mit äußerm Anschein übertünchen.
CELIA: Wie nenn ich dich denn dann, wenn du ein Mann bist?
ROSALINDE: Ich will nicht schlechter heißen als der Page
Des Zeus: drum nenne mich dann Ganymed.
Doch wie willst du heißen?
CELIA : Nach irgendetwas,
Was paßt zu meinem Zustand, also nicht mehr
Celia, sondern Aliena.
ROSALINDE: Doch, Kusinchen,
Wie, wenn wir hier von Eures Vaters Hof
Den Hofnarrn stehlen könnten, würde der
Uns nicht ein Trost auf unsrer Reise sein?
CELIA: Der geht mit mir bis an den Rand der Welt!
Um ihn laß mich nur werben. Komm jetzt, gehn wir
Und sammeln unsern Schmuck und Kostbarkeiten.

Wir wolln die beste Zeit, den sichersten Weg
Bedenken, vor Verfolgung uns zu schützen,
Nach meiner Flucht. Nun geht's mit frohem Sinn
Nicht zur Verbannung, nein, zur Freiheit hin! *Beide ab*

Zweiter Akt

1. Szene

Der Wald von Arden
Der verbannte Herzog, Amiens und zwei oder drei Herren in Jägerkleidung, treten auf

HERZOG: Nun, ihr Gefährten, Brüder im Exil,
Macht alter Brauch dies Leben hier nicht schöner
Als das des falschen Prunks? Ist dieser Wald nicht
Minder gefährlich als des Hofs Intrigen?
Hier fühlen wir nur Adams alte Strafe:
Wechsel der Jahreszeit, den eisigen Zahn
Des Winterwinds, sein schneidend rauhes Zanken.
Doch wenn der beißt und mir auf meinen Leib bläst,
Selbst wenn mich Kälte schüttelt, sag ich lächelnd:
»Das ist kein Schmeichler! Das sind Ratgeber,
Die spürbar mich belehren, was ich bin.«
Süß ist der Nutzen eines widrigen Schicksals,
Der Kröte gleich, die giftig ist und häßlich,
Trägt's doch im Kopf ein kostbares Juwel;
Dies unser Leben, frei vom Weltgetriebe,
Findet im Baum sein Wort, im Bach sein Buch,
In Steinen Predigten, in allem Gutes.
AMIENS: Ich möcht's nicht tauschen. Euer Gnaden Glück ist's,
Des Schicksals Härte so verstehn zu können
Und auszulegen so voll Ruh und Milde.
HERZOG: Kommt, soll'n wir gehn, uns ein Stück Wild erjagen?
Obwohl's mich schmerzt, den armen scheckigen Toren,
Die Bürger dieser Stadt der Wildnis sind,
Auf ihrem eignen Grund gezahnte Pfeile
Ins runde Fleisch zu bohren.

1. HOFHERR: Ja, mein Fürst,
Der melancholische Jaques klagt auch darüber
Und schwört, daß Ihr so noch mehr Unrecht tut,
Als Euer Bruder übt, der Euch verbannt hat.
Heut schlichen Herr Amiens und ich ihm nach,
Als er bei einer Eiche lag, mit alten
Knorrigen Wurzeln, überm Bach am Waldrand.
Da kam ein armer, abgehetzter Hirsch,
Der von des Jägers Pfeil verwundet war,
Um auszuschnaufen; und, 's ist: wahr, mein Fürst,
Das unglückliche Tier seufzte so schwer,
Daß jedes Mal sein Lederfell sich dehnte,
Bis es fast barst; und große, runde Tränen
Liefen hinab die unschuldige Nase
Einander kläglich nach; das haarige Wesen
Und seine Einfalt rührten Jaques gar tief,
Wie's dastand, ganz am Rand des schnellen Baches,
Den es mit Tränen füllte.
HERZOG: Nun, und Jaques?
Zog er nicht die Moral aus diesem Anblick?
1. HOFHERR: Ja, doch, in tausend Gleichnissen. Erst, weil
Der Hirsch weint' in den Bach, der das nicht brauchte,
Rief er: »Du armer Hirsch machst dein Vermächtnis
Ganz wie ein Weltling, daß du dem noch mehr gibst,
Der schon zuviel hat!« Dann, weil er allein
Dort stand, verlassen von den samtenen Freunden,
Rief er: »Recht so! So scheucht das Unglück immer
Die vielen Freunde fort.« Da sprang ein Rudel
Satt von der Weide, gleichgültig vorbei,
Und kein Tier bot ihm Gruß. »Ja, ja«, rief Jaques,
»Nur fort, ihr fetten, feisten, glatten Bürger!
So ist es Mode: Warum auch noch schauen
Auf den bankrotten, armen, kranken Kerl da?«
So schimpfte er, daß es durch Mark und Bein ging,
Auf Land und Stadt und Hof; sehr treffend; ja,
Auch hier auf unser Leben, schwor, daß wir nichts
Als Räuber und Tyrannen sind, noch schlimmer,
Weil wir die Tiere schrecken und sie töten

An ihrem eignen, angeborenen Wohnort.
HERZOG: Und so ließt ihr ihn stehn, in *den* Gedanken?
2. HOFHERR: Ja, Herr, er weinte noch und sprach zu diesem
Schluchzenden Hirsch.
HERZOG: Kommt, zeigt mir, wo er ist.
Wenn er so trüber Laune ist, dann laß ich
Mich gerne ein mit ihm. Dann ist er geistreich.
1. HOFHERR: Ich bringe Euch gleich hin. *Alle ab*

2. Szene

Zimmer im Palast
Frederic, Hofherren und Gefolge treten auf

FREDERIC: Kann's möglich sein, daß nicht ein Mensch sie sah?
Unmöglich! Schurken hier an meinem Hof
Sind Mitwisser und haben's zugelassen!
1. HOFHERR: Soweit ich hört', hat niemand sie gesehn.
Die Kammerfraun vom Dienst sahn die Prinzessin
Im Bett, und fanden heute früh am Morgen
Das Bett beraubt ihrer kostbaren Herrin.
2. HOFHERR: Mein Fürst, jener Hanswurst, den Hoheit oft
So lustig fanden, der wird auch vermißt.
Hisperia, der Prinzessin Kammerfräulein,
Gesteht, heimlich gehört zu haben, wie
Euere Tochter und ihre Kusine
Geschick und Anmut jenes Ringers lobten,
Der kürzlich erst den starken Charles besiegt hat.
Sie meint, wo immer die zwei hin sind, sicher
Sei dieser junge Mann mit ihnen fort.
FREDERIC: Schickt hin zu seinem Bruder, holt den Waghals.
Ist er nicht da, bringt mir den Bruder her.
Den lehr ich schon, ihn finden! Tut das gleich.
Laßt's nicht an Eifer und an Suchen fehlen,
Diese geflohnen Narrn zurückzubringen. *Alle ab*

3. Szene

Vor Olivers Haus

Orlando und Adam kommen von verschiedenen Seiten

ORLANDO: Wer ist das?
ADAM: Was, Ihr, mein junger Herr? Ach, liebster Herr,
Ach, bester Herr! Ach, Ebenbild des alten
Herrn Roland! Aber sagt, was macht Ihr hier?
Warum seid Ihr so tapfer, so beliebt
Bei allen Leuten, und warum so sanft,
So stark, und warum wart Ihr so erpicht drauf,
Den Kraftmenschen des launenhaften Herzogs
Zu stürzen? Zu schnell lief Euch Euer Ruhm
Voraus. Ach, wißt Ihr denn nicht, Herr, daß manchen
All ihre Gaben nur zu Feinden werden?
So geht's auch Euch, Herr, Eure Tugenden
Werden an Euch zu arglosen Verrätern! –
Welch eine Welt, wo das, was gut an uns ist,
Vergiftet den, der's hat!
ORLANDO: Was gibt's?
ADAM: O, Unglück!
Geht nicht hinein! Unter dem Dach da wohnt
Der Feind all Eurer Gaben: Euer Bruder –
Nein, Bruder nicht; und doch der Sohn (Nein, nicht Sohn;
Sohn will ich ihn nicht nennen!) dessen, den
Ich seinen Vater nennen wollte. – Er hat
Euch rühmen hören, und er will heut nacht
Die Unterkunft verbrennen, wo Ihr wohnt,
Und Euch drin mit. Und wenn ihm das mißlingt,
So schafft er Euch auf andre Art beiseite.
Ich habe ihn belauscht und seine Pläne.
Das ist kein Haus hier, nur noch eine Schlachtbank:
Verabscheut, fürchtet es: Geht nicht hinein!
ORLANDO: Doch wohin, Adam, willst du, daß ich gehn soll?
ADAM: Ganz gleich wohin, solang Ihr nur nicht herkommt.
ORLANDO: Soll ich denn gehn und betteln um mein Brot?
Oder mir mit grausamem Schwert erzwingen
Ein Räuberleben auf der offenen Straße?
Das muß ich tun; ich weiß ja nicht, was sonst,

Und doch, das will ich nicht tun, was auch komme.
Lieber noch setz ich mich der Bosheit aus
Und dem treulosen Blut des blutigen Bruders.

ADAM: Nein, tut das nicht! Ich hab fünfhundert Kronen
Gespart vom Lohn, zur Zeit noch Eures Vaters.
Die hab ich aufgehoben, einst mir Stütze
Zu sein, wenn mir der Dienst die Glieder lahm macht
Und man den Alten in die Ecke wirft.
Nehmt das, und Er, der selbst die Raben füttert,
Ja, vorsorglich auch Spatzen Nahrung schafft,
Sei meines Alters Trost! Da ist das Gold.
Ich geb Euch alles. Nehmt mich mit als Diener.
Ich seh zwar alt aus, doch bin stark und rüstig,
Denn als ich jung war, mischt ich nie die heißen
Aufrührenden Getränke in mein Blut,
Noch sucht ich je mit frecher Stirn nach all dem,
Was dann zu Schwäche führt und Unvermögen;
Drum ist mein Alter wie ein frischer Winter,
Zwar frostig, doch gesund. Laßt mich mit Euch gehn!
Ich dien Euch so gut wie ein jüngrer Mann
In allem, was Ihr tut und nötig habt.

ORLANDO: O guter, alter Mann! Schön zeigt in dir sich
Der treue Dienst der Welt aus alten Zeiten,
Als man aus Pflicht diente, noch nicht aus Habsucht.
Du bist nicht nach dem Schnitt von heut, da keiner
Den Finger rührt, wenn er nicht gleich vorankommt,
Und kommt er hoch, gleich ist sein Dienst erdrosselt
Von seinem Aufstieg: Nein, so bist du nicht!
Doch, alter Mann, du pflegst den Baum, der bricht,
Von dem du keine einzige Blüte erntest,
Für alle deine Pflege, Treu und Pflicht.
Doch komm, wir wollen miteinander gehn
Und eh wir deiner Jugend Lohn verzehren,
Wird Gott uns ein bescheidnes Glück gewähren.

ADAM: Kommt, Herr, ich tu an Euch treu meine Pflicht,
Wohin Ihr geht, bis mir mein Auge bricht.
Von siebzehn fast bis achtzig war dies Haus
Mir eine Heimat, doch nun zieh ich aus.

Mit siebzehn mancher seinem Glück nachgeht,
Doch achtzig Jahre ist dafür zu spät.
Doch will vom Glück ich keinen bessern Tod erwerben,
Als den, nicht Schuldner meines alten Herrn zu sterben. *Beide ab*

4. Szene

Im Wald von Arden
Rosalinde (als Ganymed), Celia (als Aliena) und Prüfstein treten auf

ROSALINDE: O Gott, o Gott! Wie müd ist mir zumut.

PRÜFSTEIN: Am Mut liegt mir nichts: Wenn nur meine Beine nicht müde wären!

ROSALINDE: Mir ist, als müßt ich meinen Männerkleidern Schande machen und weinen wie ein Weib. Aber ich muß dem schwächeren Gefäß Mut zusprechen, denn Wams und Hose müssen sich gegen den Weiberrock tapfer erweisen. Drum Mut, meine liebe Aliena!

CELIA: Bitte, du mußt es ertragen, aber ich kann nicht weitergehen.

PRÜFSTEIN: Ich für mein Teil wollte Euch lieber ertragen als tragen. Und doch trüge ich kein Kreuz, wenn ich Euch trüge, denn ich glaube, Ihr habt keinen Kreuzer in der Tasche.

ROSALINDE: Das ist also der Wald von Arden?

PRÜFSTEIN: Ja, nun bin ich also im Ardenwald. Ich doppelter Narr! Als ich noch zu Hause war, da war ich besser aufgehoben, aber Wanderer müssen's zufrieden sein.

ROSALINDE: Ja, sei's nur, guter Prüfstein. *Corin und Silvius kommen*
Doch wer kommt da?
Ein Junger und ein Alter im Gespräch.

CORIN: So wird sie dich nur immer noch verschmähen!

SILVIUS: O Corin, wüßtest du, wie ich sie liebe!

CORIN: Teils denk ich's mir. Auch ich hab einst geliebt.

SILVIUS: Nein, Corin, du bist doch zu alt, um dir das
Zu denken, wenn du auch in deiner Jugend
Treu liebtest, wie nur je einer, der seufzte
Zu Mitternacht ins Kissen; doch wenn du je
Wie ich geliebt hast – zwar, ich glaube nicht,
Daß je ein Mann wie ich geliebt hat – wieviel
Höchst lächerliche Taten hätt dich damals

Wohl deine Phantasie gelehrt?

CORIN: Ach, tausend,
Die ich vergessen hab!

SILVIUS: Ah! Dann hast du
Niemals geliebt wie ich! Wenn du nicht jetzt noch
Die kleinste Torheit weißt, zu der dich Liebe trieb,
Dann hast du nie geliebt.
Und wenn du nicht gesessen hast, wie ich jetzt,
Und deinen Zuhörer ermüdet hast
Mit deiner Liebsten Lob, dann hast du nie geliebt!
Wenn du nie fortschlichst von den andern dich
Ganz plötzlich wie aus Leidenschaft jetzt ich,
Dann hast du nie geliebt. –
O Phöbe, Phöbe, Phöbe! *Ab*

ROSALINDE: Ach, armer Schäfer! Deine Wunde sucht' ich
– O bitteres Mißgeschick! – Und fand so meine!

PRÜFSTEIN: Und ich die meine! Ich weiß noch, wie ich verliebt war! Da zerbrach ich mein Schwert an einem Stein und sagte ihm: »Das nimm dafür, daß du nachts zu Jenny Freundlich gekommen bist!« Und ich weiß noch, wie ich ihr Holz geküßt hab, mit dem sie die Wäsche gemangelt hat und die Euter der Kuh, die sie mit ihren hübschen Patschhändchen gemelkt hatte; und ich weiß noch, wie ich statt ihr eine Erbsenschote liebkoste; aus der nahm ich zwei Erbsen heraus und gab sie ihr wieder zurück und sagte weinend: »Die trage zu meinem Andenken«. Wir, die wir wirklich lieben, kommen oft auf die sonderbarsten Gedanken. Aber so wie alles von Natur aus sterblich ist, so ist die ganze Natur, wenn sie verliebt ist, sterblich vernarrt.

ROSALINDE: Du sprichst mit mehr Sinn als du selber weißt.

PRÜFSTEIN: Nein, ich weiß von meinem eigenen Sinn nie was, bevor ich mir nicht die Schienbeine an meinem Eigensinn wundstoße.

ROSALINDE: O Jupiter! Des Schäfers zarte Triebe, Wie gleichen die doch meiner eigenen Liebe!

PRÜFSTEIN: Und meiner auch. Aber meine wird schon ein wenig altbacken.

CELIA: Ich bitt euch, fragt doch einmal diesen Mann dort,
Ob er für Gold und gute Worte uns was
Zu essen gibt: Ich sterbe fast vor Hunger.

PRÜFSTEIN: Hanswurst, he!
ROSALINDE: Still, Narr! Er ist nicht dein Vetter.
CORIN: Wer ruft?
PRÜFSTEIN: Bessere als Ihr!
CORIN: Sonst wärt Ihr arm dran!
ROSALINDE *(zu Prüfstein)*: Still, sag ich! –
(zu Corin): Einen guten Abend, Freund!
CORIN: Euch gleichfalls, hoher Herr. Und auch euch allen.
ROSALINDE: Schäfer, ich bitte dich, wenn wir für Geld
Und aus Barmherzigkeit in dieser Wildnis
Etwas zu essen kriegen können, bringe uns
Wohin, wo's Ruhe für uns gibt und Nahrung.
Das junge Mädchen hier ist krank vom Weg
Und fällt fast um vor Hunger.
CORIN: Herr, die Arme!
Um ihretwillen mehr als meinetwillen
Wollt ich, ich selber könnt ihr besser helfen.
Doch bin ich Schafhirt eines andern Mannes
Und schere nicht die Wolle, die ich weide.
Mein Herr ist etwas knauserig und fragt nicht,
Ob er einmal den Weg zum Himmel findet,
Indem er Fremden Gastfreundschaft gewährt.
Außerdem, seine Hütte, seine Herden,
Und auch sein Weideland stehn zum Verkauf,
Und unsre Schäferei hat, weil er fort ist,
Nichts, was Ihr speisen könnt; doch kommt nur sehn:
Was ich hab, soll Euch gern zu Diensten stehn.
ROSALINDE: Wer kauft denn seine Herden und die Weide?
CORIN: Der junge Schäfer, den Ihr vorhin saht,
Obwohl dem wenig dranliegt, was zu kaufen.
ROSALINDE: Ich bitte dich, wenn's ehrlicherweise geht,
Kauf du die Meierei, Weide und Herde,
Und was du zahlen mußt, kriegst du von uns.
CELIA: Und höhern Lohn für dich. Ich find es schön hier
Und brächte gerne meine Zeit hier zu.
CORIN: Das Gut ist zu verkaufen, das steht fest.
Kommt mit! Fragt selbst nach allem. Wenn euch dann
Boden, Ertrag und hier das Leben gefällt

Will ich euer getreuer Pfleger sein
Und kauf's dann gleich mit eurem Golde ein. *Alle ab*

5. *Szene*

Im Wald
Amiens, Jaques und andere treten auf

AMIENS *(singt)*: Wer gern mit mir hier liegen will
Unter der grünen Blätter Spiel
Und stimmen froh mit ein
Ins Lied der Vögelein,
Der komm geschwind! Der komm geschwind!
Hier ist kein Feind,
Der's schlecht mit ihm meint,
Nur Regen, Schnee und Wind.

JAQUES: Mehr, mehr, ich bitt Euch, mehr!

AMIENS: Es wird Euch traurig machen, Monsieur Jaques.

JAQUES: Dafür werd ich Euch nur dankbar sein. Mehr, bitte, mehr! Ich kann Traurigkeit aus einem Lied saugen, wie ein Wiesel Eier aussaugt. Mehr, bitte, mehr!

AMIENS: Ich sing so rauh. Das kann Euch nicht entzücken.

JAQUES: Ich will nicht, daß Ihr mich entzückt, ich will nur, daß Ihr singt. Kommt, etwas mehr noch, noch eine Stanze! Nennt Ihr's nicht Stanzen?

AMIENS: Wie's Euch beliebt, Monsieur Jaques.

JAQUES: Nein, nach ihren Namen frag ich auch nicht. Sie sind mir ja nichts schuldig. Wollt Ihr singen?

AMIENS: Mehr weil Ihr's wollt als aus Vergnügen.

JAQUES: Gut, wenn ich je irgendwem danke, so danke ich Euch. Aber was die Menschen Komplimente nennen, das ist, wie wenn zwei Hundsaffen einander begegnen, und wenn einer sich herzlich bei mir bedankt, dann ist mir, als hätte ich ihm einen Groschen gegeben und er erwiese mir pflichtschuldigen Dank wie ein Bettler. Kommt, singt! Und wer's nicht will, der soll den Mund halten.

AMIENS: Schön, ich will zu Ende singen. Ihr Herren, deckt inzwischen die Tafel; der Herzog will hier unter diesem Baum trinken. Er hat euch den ganzen Tag gesucht.

Jaques: Und ich bin ihm den ganzen Tag ausgewichen. Für mich ist er zu sehr aufs Diskutieren aus. Mir geht gerade soviel durch den Kopf wie ihm, aber ich danke dem Himmel dafür und brüste mich nicht damit. Kommt, trillert nur!

(Beide singen):

Wer sich vom Ehrgeiz stets hält fern
Und lebt im Licht der Sonne gern,
Wer selbst sucht, was ihn nährt
Und dann nicht mehr begehrt,
Der komm geschwind, der komm geschwind!
Hier ist kein Feind
Der's schlecht mit ihm meint,
Nur Regen, Schnee und Wind.

Jaques: Ich will Euch noch eine Strophe zu dem Lied sagen, die ich gestern gemacht habe, meiner Phantasie zum Trotz.

Amiens: Und ich will sie singen!

Jaques: Sie geht so:

Falls irgendwer sich so verirrt,
Daß er zu einem Esel wird,
Und läßt sein Hab und Gut
Aus sturem Übermut, –
Ducdam, Ducdam, Ducdam! –
So sieht er hier
Ein Narrnrevier,
Wenn er nicht kommt zu mir.

Amiens: Was heißt »Ducdam«?

Jaques: Das ist eine zigeunerische Beschwörung aus dem alten Ägypten, um Narren in einen Kreis zu bannen. Ich will gehn und schlafen, wenn ich kann. Und wenn ich's nicht kann, so will ich gegen alle Erstgeborenen von Ägypten wettern.

Amiens: Und ich will den Herzog suchen gehn. Sein Bankett ist bereit. *Alle ab*

6. Szene

Im Wald

Orlando und Adam treten auf

ADAM: Bester Herr, ich kann nicht weitergehen. Ach, ich sterbe vor Hunger. Hier leg ich mich hin und messe mir mein Grab aus. Lebt wohl, lieber Herr.

ORLANDO: Aber Adam, Adam! Hast du nicht mehr Herz im Leib? Leb doch noch ein wenig, ermanne dich ein wenig, stärke dich ein wenig! Wenn dieser unwirtliche Wald irgendwelche wilden Tiere enthält, dann will entweder ich ihnen zur Speise dienen oder sie dir herbringen, damit du sie verspeisen kannst. Du glaubst dich dem Tod näher, als deine wirklichen Kräfte es sind. Mir zuliebe, laß dir's wohl sein, halt dir den Tod noch eine Weile vom Leib. Ich will gleich wieder bei dir sein. Und wenn ich dir nichts zu essen bringe, dann will ich dir Erlaubnis geben, zu sterben. Aber wenn du stirbst, bevor ich komme, dann hast du meiner Mühe und Arbeit gespottet. Ganz gut gesagt! Du siehst schon fröhlicher drein, und ich werde gleich wieder bei dir sein. Aber du liegst hier in der rauhen Luft: Komm, ich trag dich wohin, wo du etwas geschützter bist; und aus Mangel an einer Mahlzeit sollst du mir auch nicht sterben, wenn's in dieser Wildnis irgendwas Lebendiges gibt. Nur Mut, guter Adam! *Beide ab*

7. Szene

Im Wald

Der gedeckte Tisch. Der alte Herzog, Amiens und Edelleute in der Kleidung von Geächteten treten auf

HERZOG: Ich denke, er ist in ein Tier verwandelt,
Als Menschen konnte ich ihn nirgends sehn.

I. EDELMANN: Mein Fürst, er ging erst grade von hier fort.
Hier war er lustig, weil wir etwas sangen.

HERZOG: Wenn er, der ganz aus Mißtönen besteht,
Musik liebt, wird bald die Musik der Sphären
Zur Dissonanz. Sucht ihn, ich will ihn sprechen. *Jaques tritt auf*

I. EDELMANN: Die Müh erspart er mir: da kommt er selbst.

HERZOG: Wie, Monsieur, welch eine Art ist das? Sagt: Müssen
Erst Eure armen Freunde nach Euch schmachten?

Was, Ihr seht lustig aus!
JAQUES: Ein Narr, ein Narr! Ein Narr, den ich im Wald traf,
Ein scheckig bunter Narr – elende Welt! –
So wahr ich mich ernähr, das war ein Narr,
Der lag und ließ sich's wohl sein in der Sonne
Und schmähte Frau Fortuna höchst vernünftig,
Ja, höchst, und doch ein scheckig bunter Narr.
»Gut Morgen, Narr«, rief ich. »Nein, Herr«, rief er;
»Nennt mich nicht Narr, eh Glück mir Reichtum sendet«,
Dann zog er eine Sonnenuhr heraus,
Und sah sie mit glanzlosen Augen an,
Drauf sagte er sehr klug: »Es ist zehn Uhr:
Draus sehn wir«, sprach er, »was der Lauf der Welt ist:
Denn erst vor einer Stunde war es neun,
Und eine Stunde noch, so wird es elf sein;
Und so müssen wir stündlich reifen, reifen,
Und nachher, weiter stündlich, faulen, faulen,
Und davon wär was zu erzählen.« Als ich
Den bunten Narrn so über unsre Zeit
Predigen hörte, fingen meine Lungen
Zu krähen an gleichwie ein Gockelhahn,
Daß Narrn so tiefschürfend philosophieren;
Und ohne Unterbrechung lachte ich,
Und unaufhörlich lacht ich, eine Stunde
Nach seiner Sonnenuhr. O edler Narr!
Ein würdiger Narr! O bunter Narrenrock!
HERZOG: Was ist das für ein Narr?
JAQUES: O würdiger Narr! Er war zuvor ein Hofmann
Und sagt, solang nur Damen jung und schön sind,
Haben sie auch die Gabe, es zu wissen.
In seinem Hirn, das so vertrocknet ist,
Wie was vom Zwieback bleibt nach einer Seefahrt,
Hat er seltsame Stellen vollgestopft
Mit Lebensweisheiten, die er von sich gibt
Entstellt und stückweis. Oh, daß ich ein Narr wär!
Ich bin voll Ehrgeiz nach dem bunten Rock.
HERZOG: Du sollst ihn haben,
JAQUES: 's ist mein einziger Wunsch!

Nur müßt Ihr ausjäten aus Eurem Urteil
Alle die Meinungen, die dort wild wuchern,
Daß ich bei Trost sei. Ich muß Freiheit haben:
Durchaus, 'nen Freibrief, groß wie der des Windes,
Gleich Narrn zu wehn auf jeden, den ich will;
Und die meine Narrheit am meisten ärgert,
Müssen am meisten lachen. Und warum, Herr?
Warum, ist klar gleichwie der Weg zur Kirche:
Er, den ein Narr höchst klug getroffen hat,
Der ist ein Narr, wenn er, auch wenn's ihm wehtut,
Nicht tut, als fühlt' er's gar nicht. Denn wenn nicht,
So ist des Klugen Narrheit bloßgelegt
Von ungefähr, wie so ein Narr um sich schlägt.
Drum legt mir meinen Rock an; gebt mir Freiheit
Zu sagen, was ich denk, und ich will gründlich
Den faulen Leib der kranken Welt dann säubern,
Wenn sie mein Mittel nur geduldig nehmen.
HERZOG: Pfui über dich! Ich weiß schon, was du tätest!
JAQUES: Was, für 'nen Groschen, tat ich denn, als Gutes?
HERZOG: Du sündigtest arg durch deine Jagd auf Sünde!
Denn du hast's selber allzu frei getrieben,
Sinnlich wie des leibhaftigen Tieres Stachel;
Und all die Ausschläge und bösen Beulen,
Die du auf freien Füßen erst dir zuzogst,
Würdst du abgeben an alle Welt.
JAQUES: Wie? Wer da Klage anhebt gegen Hochmut,
Kann der so nur den einzelnen verklagen?
Schwillt Hochmut nicht an wie die Meeresflut,
Bis seines Trägers ganze Kraft verebbt?
Nenn ich denn eine Frau dort in der Stadt,
Wenn ich behaupte, daß die Fraun der Stadt
Fürstlichen Prunk auf schlechten Schultern tragen?
Kann einer sagen, daß ich sie da meine,
Wenn ihre Nachbarin so ist wie sie?
Und welcher schlechte Kerl ist der, der sagt,
Sein Großtun koste mich ja nichts, und meint,
Ich meine ihn und paßt damit doch nur
An meine Rede seine Narrheit an?

Nun denn: Wie, was denn? Laßt mich sehn, worin
Ihm meine Zunge unrecht tut, denn tu ich
Ihm recht, so hat er sich's nur selbst getan.
Und ist er frei davon, so fliegt mein Tadel
Wie eine Wildgans, die keinem gehört.
Doch wer kommt da? *Orlando tritt mit gezogenem Schwert auf*
ORLANDO: Halt, eßt nicht mehr!
JAQUES: Ich hab noch nichts gegessen!
ORLANDO: Und sollst auch nicht, eh eines Not gestillt ist!
JAQUES: Von welcher Art wär denn nun dieser Vogel?
HERZOG: Hat dich dein Unglück, Mensch, so keck gemacht,
Oder verachtest du grob gute Sitten,
Daß du so gänzlich unhöflich zu sein scheinst?
ORLANDO: Ihr traft beim ersten Mal! Der dornige Stachel
Der nackten Not nahm mir den Schein der glatten,
Höflichen Art, doch hab ich Rang und Namen
Und Kinderstube. Aber wartet, sag ich:
Der stirbt, der eine dieser Früchte anrührt,
Eh mir und meinem Anliegen sein Teil wird!
JAQUES: Und wird Euch nicht Vernunft zuteil, sterb *ich*.
HERZOG: Was wollt Ihr? Eure Freundlichkeit wird mehr
Als Euer Zwang zur Freundlichkeit uns zwingen.
ORLANDO: Ich sterbe fast vor Hunger. Gebt mir Essen.
HERZOG: Setzt Euch und eßt. Willkommen hier bei Tisch!
ORLANDO: Sprecht Ihr so freundlich, dann vergebt mir, bitte!
Ich dachte, alles hier müsse so wild sein,
Und darum setzte ich die Miene auf
Der rauhen Fordrung. Doch wer ihr auch seid,
Die hier in dieser unzugänglichen Wildnis
Unter dem Schatten melancholischer Zweige
Der Zeit schleichende Stunden lässig ziehn laßt,
Wenn Ihr je bessere Tage gesehen habt,
Je wart, wo Glocken läuteten zur Kirche,
Je saßt bei guter Leute Festgelage,
Wenn je vom Aug Ihr eine Träne wischtet
Und wißt, was Mitleid heißt und Mitleid finden –
Laßt Euch durch meine Freundlichkeit bezwingen!
Ich hoff's und werde rot und steck mein Schwert ein.

HERZOG: Wahr ist es, daß wir bessre Tage sahn,
Daß heilige Glocken uns zur Kirche riefen,
Daß wir bei guter Menschen Festmahl saßen
Und Mitleidstränen uns vom Auge wischten.
Und darum setzt Euch her in Freundlichkeit
Und nehmt nach Wunsch, was wir an Hilfe haben,
Die dem, woran's Euch fehlt, zustatten kommt.
ORLANDO: Dann wartet mit dem Essen noch ein wenig,
und ich will, wie ein Reh sein Junges, finden
Und füttern dort den armen alten Mann,
Der manchen müden Schritt mir nachgehinkt kam,
Aus reiner Liebe; denn er soll erst satt sein,
Der doppelt schwach von Alter ist und Hunger.
Zuvor für mich kein Bissen!
HERZOG: Geht und holt ihn.
Wir essen Euch nichts weg, eh Ihr zurückkommt.
ORLANDO: Ich dank dir; sei gesegnet für dein Wort. *Ab*
HERZOG: Ihr seht, nicht wir allein sind hier im Unglück.
Hier, auf dem weiten, weltumspannenden Schauplatz,
Sind mehr traurige Szenen als die unsre
Im Spiel.
JAQUES: Die ganze Welt ist eine Bühne,
Und alle Männer und Frauen sind nur Spieler.
Die haben ihren Abgang, ihren Auftritt;
Und mit der Zeit spielt ein Mann viele Rollen,
Denn seine Akte sind die sieben Alter.
Erst Kind, das weint und spuckt im Arm der Pflegerin,
Dann Schuljunge, noch weinerlich, mit seinem
Ranzen und glatten Morgenwangen, kriechend
Wie eine Schnecke unwillig zur Schule.
Und der Verliebte dann, der seufzt, als wär er
Ein Ofen, und ein jammervolles Liedchen
Auf seiner Liebsten Augen singt. Und dann
Kommt der Soldat voll niegehörter Flüche
Bärtig gleich einem Pardel, eifersüchtig
Auf seine Ehre, schnell zum Streit bereit.
Er sucht die Seifenblase seines Ruhmes
Selbst im Kanonenmund. – Und dann der Richter

Mit rundem Bauch, gut mit Kapaun gefüllt,
Mit strengem Blick und mit gepflegtem Bart,
Voll alter Sprüche, neuer Beispiele;
So spielt er seine Rolle. – Sechstes Alter;
Der Pantalon, hager, in Schlappen, auf der
Nase die Brille, Beutel ihm zur Seit',
Die Hose ist noch gut, doch viel zu weit
Für die verschrumpften Lenden. Und die Stimme,
Die tief und männlich war, wendet sich wieder
Zum kindischen Diskant und pfeift und quiekt
Bei jedem Wort. Die letzte Szene endlich,
Die diese seltsame Geschichte abschließt,
Ist zweite Kindheit und dann nur Vergessen,
Ohn' Augen, Zähne, Zunge, ohne alles.

Orlando kommt mit Adam zurück

HERZOG: Willkommen! Setzt Eure ehrwürdige Last
Nun hin, und laßt ihn essen.
ORLANDO: Ich dank Euch sehr für ihn.
ADAM: Das mußtet Ihr auch:
Ich kann kaum reden, selbst für mich zu danken.
HERZOG: Bekomm's euch wohl! Nur zu! Ich stör euch jetzt
Noch nicht mit Fragen über euer Schicksal.
Laßt uns Musik hörn! Lieber Vetter, singt!
AMIENS *(singt)*: Weh, weh, du Winterwind!
Du bist nicht so falsch gesinnt,
Wie der Undank bei Mann und Frau.
Dein Zahn tut nicht so weh,
Schon weil ich dich nicht seh,
Ist auch dein Atem grau.
Heißa! singt heißa: Im Wald wohnt die Wahrheit.
Freundschaft ist falsch oft, und Lieb oft nur Narrheit.
Doch grün ist die Wahrheit,
Im Wald wohnt die Klarheit!

Friert, friert nur, Eis und Schnee,
Ihr tut nicht so bitter weh
Als wie für Wohltat Haß;
Auch wenn das Wasser starrt,

Eis schmerzt mich nicht so hart
Wie ein Freund, der mich vergaß.
Heißa! singt heißa: Im Wald wohnt die Wahrheit.
Freundschaft ist falsch oft, und Lieb oft nur Narrheit.
Doch grün ist die Wahrheit,
Im Wald wohnt die Klarheit!

HERZOG: Wenn Ihr des tapferen Herrn Roland Sohn seid,
Wie Ihr mir jetzt vertraulich flüstertet,
Und wie mein Aug sein Ebenbild erkennt,
Das höchst getreu in Euren Zügen lebt, dann
Herzlich willkommen hier! Ich bin der Herzog,
Der Euren Vater liebte. Euer Schicksal,
Kommt und erzählt es mir in meiner Höhle.
Du, guter, alter Mann, bist so willkommen,
Wie hier dein Herr. Stützt ihn unter dem Arm. –
Gebt mir die Hand – wir wolln zusammen gehn,
Und sagt mir alles, was mit Euch geschehn. *Alle ab*

Dritter Akt

1. Szene

Zimmer im Palast

Frederic, Oliver, Herren vom Hof, Gefolge treten auf

FREDERIC: Nicht mehr gesehn? Herr, Herr! Das kann nicht sein.
Bestünd ich nicht zum bessern Teil aus Milde,
Sucht' ich kein fernes Ziel für meine Rache,
Da du doch hier bist. Doch sieh zu und finde
Mir deinen Bruder, ganz gleich, wo! Du such ihn
Mit Kerzen, bring ihn tot oder lebendig
Her binnen Jahresfrist, sonst wag dich nie mehr
In unser Land zurück auf deine Güter! –
Dein Land und alles, was du dein nennst und was
Das Einziehn lohnt, das ziehn wir hiermit ein,
Bis du durch deines Bruders Mund dich freimachst
Von unserm Argwohn gegen dich.

OLIVER: Oh, wüßten
Euere Hoheit, wie mir da um's Herz ist:
Noch nie im Leben liebt ich meinen Bruder!
FREDERIC: Schuft desto mehr! Stoßt ihn zur Tür hinaus
Und laßt meine Beamten, die das angeht,
Beschlagnahmen sein Haus mit allem Land.
Besorgt das ohne Aufschub; macht ihm Beine! *Alle ab*

2. Szene

Im Wald

Orlando kommt mit einem Blatt Papier

ORLANDO: Häng dort, Vers, meiner Liebe zum Beweis! –
Du, dreigekrönte Königin der Nacht,
Blick keusch herab aus deines Mondes Kreis
Auf ihren Namen, der mich dienstbar macht.
O Rosalind! Mein Buch sei jeder Baum,
In Rinden will ich, was ich fühle, graben,
Bis jedes Aug im Wald sieht, wie im Traum,
Was deine Tugenden rings für Zeugnis haben.
Lauf, lauf, Orlando! Schreib, und raste nie,
Wie schön und keusch und unnennbar ist sie!

Bringt das Papier an und geht ab

Corin und Prüfstein treten auf

CORIN: Und wie mögt Ihr dieses Schäferleben, Meister Prüfstein?

PRÜFSTEIN: Nun ja, Schäfer, an und für sich ist's ein gutes Leben. Aber da es ein Schäferleben ist, heißt es nichts. Da es einsam ist, so hab ich's sehr gern, aber da es so still ist, ist es ein ganz erbärmliches Leben. Nun, da es auf den Feldern stattfindet, gefällt es mir sehr gut, aber da es nicht am Hof ist, so ist es langweilig. Da es ein kärgliches Leben ist, versteht Ihr, paßt es mir ganz gut; aber da es bei diesem Leben nicht höher hergeht, verschlägt es mir doch sehr den Magen. Hast du etwas wie Philosophie in dir, Schäfer?

CORIN: Nicht mehr als daß ich weiß, je kränker einer ist, desto schlechter fühlt er sich; und daß einer, dem es an Geld, Besitz und Zufriedenheit fehlt, drei gute Freunde entbehren muß; daß der Regen die Eigenschaft hat, naß zu machen, und das Feuer die, zu brennen;

daß gute Weide fette Schafe macht, und daß eine Hauptursache der Nacht der Mangel an Sonne ist; daß einer, der weder von Natur aus noch durch Bildung zu Verstand gekommen ist, sich über den Mangel an guter Erziehung beklagen kann, oder aber er kommt aus einer sehr dummen Familie.

PRÜFSTEIN: Der reine Naturphilosoph! Warst du je am Hof, Schäfer?

CORIN: Nein, ganz gewiß nicht.

PRÜFSTEIN: Dann kommst du in die Hölle.

CORIN: Das hoff ich doch nicht!

PRÜFSTEIN: Ist aber wahr. Du kommst in die Hölle wie ein schlechtgebratenes Ei, nur auf der einen Seite.

CORIN: Weil ich nicht am Hof war? Euer Grund?

PRÜFSTEIN: Ganz einfach; wenn du nie am Hof warst, dann hast du nie gute Sitten gesehen; wenn du nie gute Sitten gesehen hast, dann müssen deine Sitten schlecht sein; Schlechtigkeit ist Sünde, und für Sünde kommt man in die Hölle. Du bist in Gefahr, Schäfer!

CORIN: Nicht die Spur, Prüfstein! Was bei Hofe gute Manieren sind, das ist auf dem Land gerade so lächerlich, wie ländliches Benehmen am Hof verspottet wird. Ihr habt mir gesagt, am Hof grüßt Ihr nicht anders, als indem Ihr Eure eigene Hand küßt. Diese Höflichkeit wäre sehr unrein, wenn Hofleute Schäfer wären.

PRÜFSTEIN: Beweise das, aber schnell! Los, dein Beweis!

CORIN: Nun, wir greifen doch immer unsere Schafe an; und ihre Felle, Ihr wißt ja, die sind voll Schweiß.

PRÜFSTEIN: Nun, und die Hände unserer Hofleute, schwitzen die denn nicht? Und ist nicht Hammelfett gerade so gesund wie Menschenfett? Das war dumm, dumm! Einen besseren Beweis, sag ich, los!

CORIN: Außerdem, unsre Hände sind hart…

PRÜFSTEIN: Da werden Eure Lippen sie desto schneller fühlen. Wieder dumm. Einen besseren Beweis, los!

CORIN: … und sie sind oft voll Teer, vom Verarzten unserer Schafe; wolltet Ihr, daß wir Teer küssen sollen? Der Hofleute Hände sind parfümiert, mit Zibet!

PRÜFSTEIN: Ganz dumm, Mensch! Für ein gutes Stück Fleisch bist du ein richtiger Wurmfraß, wirklich! Lerne von den Weisen und bedenke; Zibet ist von viel niedrigerer Geburt als Teer: die höchst unsaubere Ausscheidung einer Katze. Einen besseren Beweis, Schäfer!

CORIN: Euer Witz ist zu höflich für mich, ich ruh mich aus.

PRÜFSTEIN: Was, willst du dich in der Hölle ausruhn? Gott steh dir bei, du dummer Mensch, lasse dich zur Ader! Du bist ungehobelt.

CORIN: Herr, ich tu ein ehrliches Tagwerk: Ich verdiene, was ich esse; ich erwerbe das, was ich trage; niemandem bin ich Haß schuldig, niemandem neide ich sein Glück. Wenn's andern gutgeht, freu ich mich, mit meinem Ungemach bin ich zufrieden, und mein höchster Stolz ist, zu sehen wie meine Schafe weiden und meine Lämmer saugen.

PRÜFSTEIN: Das ist wieder so eine Sünde Eurer Einfalt, daß Ihr die Schafe und die Widder zusammenbringt und darauf aus seid, Euren Lebensunterhalt damit zu verdienen, wie es das liebe Vieh treibt: Daß Ihr einem Leithammel den Kuppler abgebt und ein einjähriges Lamm so einem krummhörnigen alten Hahnrei von Widder ausliefert, gegen alle Regeln der Gattenwahl! Wenn du dafür nicht in die Hölle kommst, dann will sogar der leibhaftige Teufel keine Schäfer haben! Sonst sehe ich nicht, wie du davonkommen könntest.

CORIN: Dort kommt der junge Herr Ganymed, meiner neuen Herrschaft ihr Bruder.

Rosalinde tritt auf, sie liest von einem Blatt Papier

ROSALINDE: Ost und West, in beiden Indien,
Kein Juwel gleicht Rosalinden.

Ihr Ruhm, getragen von den Winden,
Durch alle Welt trägt Rosalinden.

Auch die schönsten Bilder sind
Schwarz nur gegen Rosalind.

Kein Gesicht mehr schön du findst
Als das schöne Rosalinds.

PRÜFSTEIN: So reim ich Euch acht Jahre ohne Unterbrechung, Mahlzeiten, Mittags- und Abends- und Schlafenszeit ausgenommen: Das ist der richtige Butterweiberschritt, wenn sie zu Markte gehen.

ROSALINDE: Weg, Narr.

PRÜFSTEIN: Als Kostprobe:
Fehlt dem Hirschen eine Hindin,
Laßt ihn suchen Rosalinden.
Wird die Katze Partner finden,
Glaubt, das glückt auch Rosalinden.

Winters muß man Deckung finden,
Decken muß man Rosalinden.
Schnitter müssen Garben binden,
Erntet so auch Rosalinden!
Süße Nuß hat harte Rinde,
Solch 'ne Nuß ist Rosalinde.
Wer die Rose sucht, muß finden
Der Liebe Dorn und Rosalinden.

Das ist so richtig der falsche Versgalopp! Warum zieht Ihr Euch so etwas zu?

ROSALINDE: Still, dummer Narr! Ich fand das dort am Baum.

PRÜFSTEIN: Meiner Treu, der Baum trägt schlechte Früchte.

ROSALINDE: Ich werde dich auf den Baum aufpfropfen, da pfropf ich eine Mispel auf ihn auf. Das gibt dann die früheste Frucht im ganzen Land: denn du wirst schon faul sein, bevor du noch halb reif bist, und daran zeigt sich, daß eine Mispel gut ist.

PRÜFSTEIN: Ihr habt gesprochen, aber ob klug oder nicht, das laßt den Wald entscheiden.

Celia kommt näher, ebenfalls lesend

ROSALINDE: Still! Meine Schwester kommt. Sie liest. – Zur Seite!

Sie verstecken sich

CELIA *(liest)*: Wildnis sein soll dieser Raum,
Weil er unbewohnt ist? Nein!
Zungen leih ich jedem Baum,
Um zu sprechen lieb und fein.
Manche, wie das Menschenleben,
Rasch durchirrt die Pilgerfahrt,
Daß die Frist, die uns gegeben,
Hinflieht und uns nichts erspart.
Manche von gebrochnem Eid,
Wie er Freund von Freunden trennt –
Doch dem schönsten Zweig geweiht
Und an jedes Satzes End
Will ich schreiben *Rosalinde*
Jedem, der da lesen kann.
Als ein Himmelsangebinde
Soll sie kennen jedermann.
Himmel hat Natur geheißen,

Daß ein einzig Menschenbild
Von all dem, was wir hoch preisen,
Gnädig werde ganz erfüllt.
Die Natur gehorchte da
Mischte alles himmelwärts.
Hoheit der Kleopatra,
Helens Wangen, nicht ihr Herz,
Atalantas Schnelle und
Der Lukrezia Tugend groß. –
So entstand durch Himmelsmund
Rosalindes Erdenlos.
Viel Gesichter, Herzen, Augen;
Bestes nur dürft für sie taugen.
Mit diesen Gaben tat der Himmel recht
Und machte mich mein Lebtag hier zum Knecht.

ROSALINDE: Oh, du lieber Prediger! Mit welch langweiliger Liebespredigt hast du hier dein Kirchspiel müde gemacht und noch nicht einmal gerufen »Geduldet euch, liebe Leute!«

CELIA: Ach! Freunde im Rücken! Schäfer, geh ein wenig zur Seite. *(zu Prüfstein)*: Geh mit ihm, du!

PRÜFSTEIN: Komm, Schäfer, laßt uns einen ehrenvollen Rückzug antreten, wenn nicht mit Sack und Pack, so doch mit Schnick und Schnack. *Corin und Prüfstein ab*

CELIA: Hast du diese Verse gehört?

ROSALINDE: O ja. Alle, und noch mehr, denn einige hatten mehr Füße, als die Verse ertragen konnten.

CELIA: Das macht nichts. Die Füße könnten ja die Verse tragen.

ROSALINDE: Ja, aber die Füße waren lahm und konnten nicht einmal sich selbst ohne den Vers tragen und standen drum lahm im Vers herum.

CELIA: Aber hast du dich nicht gewundert, zu hören, wie dein Name an den Bäumen hängt und in die Rinden geschnitten ist?

ROSALINDE: Über das Wundern war ich zum größten Teil schon hinaus, noch ehe du kamst. Denn sieh nur, was ich da an dieser meiner Siegespalme fand. Mit solchen Reimen hat man auf mich schon seit Pythagoras und seinen Seelenwanderungszeiten nicht gezielt, und da war ich eine Ratte in Irland, wo die Dichter sie mit schlechten Versen vergiften können. Aber daran kann ich mich kaum noch erinnern.

CELIA: Rätst du, wer das getan hat?

ROSALINDE: Ist es ein Mann?

CELIA: Und er hatte eine Kette, die einmal du getragen hast, um den Hals. – Wechselst du die Farbe?

ROSALINDE: Ich bitte dich, wer?

CELIA: O Gott, Gott! Schwer genug, daß Freunde einander treffen, aber durch Erdbeben kommen sogar die Berge zusammen.

ROSALINDE: Nein, sag doch, wer?

CELIA: Ist's möglich?

ROSALINDE: Nein, ich bitte dich, so sehr ich kann, sag mir, wer es ist.

CELIA: Oh, wunderbar, wunderbar und höchst wunderbar, wunderbar, und nochmals wunderbar, und danach mehr als jeder Schrei des Staunens!

ROSALINDE: Ach, meine armen Wangen! Glaubst du, weil ich ausstaffiert bin wie ein Mann, daß auch mein Herz in Wams und Hosen geht? Ein Zollbreit Aufschub ist mehr als eine ganze Südsee voll unerforschter Inseln. Ich bitte dich, sag mir, wer es ist: Schnell, sprich schon! Ich wünschte, du könntest stottern, daß dir dieser versteckte Mann aus dem Mund käme wie Wein aus einer enghalsigen Flasche, entweder zuviel auf einmal oder überhaupt nichts. Ich bitte dich, nimm den Kork aus deinem Mund, damit ich deinen Bericht trinken kann.

CELIA: Damit du dir einen Mann einverleiben kannst? Den hättest du dann im Bauch.

ROSALINDE: Hat Gott ihn erschaffen? Was für eine Art Mann? Ist sein Kopf einen Hut wert oder sein Kinn einen Bart?

CELIA: Nein, er hat nur einen kleinen Bart. –

ROSALINDE: Nun, Gott wird mehr bescheren, wenn der Mann es ihm dankt. Seinen Bartwuchs will ich schon abwarten, wenn du's mir nur nicht länger verweigerst, sein Kinn zu kennen.

CELIA: Es ist der junge Orlando. Der, der in ein und demselben Augenblick des Ringkämpfers Fersen und dein Herz zu Fall gebracht hat.

ROSALINDE: Nein, hol der Teufel das Spotten! Sag's mit ernster Stirn auf deine Mädchentreu.

CELIA: Mein Wort, Kusinchen, er ist es.

ROSALINDE: Orlando?

CELIA: Orlando!

ROSALINDE: Oh weh! Was fang ich nun mit meinem Wams und Hosen an? Was tat er, als du ihn sahst? Was sagte er? Wie sah er aus? Was hatte er an? Was tatet ihr? Hat er nach mir gefragt? Wo ist er geblieben? Wie hat er sich von dir verabschiedet und wann wirst du ihn wiedersehen? Sag's mir in einem Wort!

CELIA: Da müßtest du mir erst den Mund Gargantuas verschaffen; das wäre ein Wort, das für jeden Mund zu groß wäre, der nur die Größe der heutigen Zeit hat. Bloß ja und nein auf all das zu sagen, ist schon mehr als auf den Katechismus zu antworten.

ROSALINDE: Aber weiß er, daß ich hier in diesem Wald bin, und in Männertracht? Sieht er so frisch aus wie am Tag, als er den Ringkampf gewann?

CELIA: Man könnte grad so leicht Sonnenstäubchen zählen wie die Aufgaben lösen, die ein Verliebter stellt. Aber nimm eine Kostprobe, wie ich ihn gefunden habe, und genieße sie schön aufmerksam. Ich fand ihn unter einem Baum, wie eine abgefallene Eichel.

ROSALINDE: Der verdient den Namen Jupiters Baum, wenn er solche Früchte fallen läßt!

CELIA: Schenkt mir Gehör, bestes Fräulein!

ROSALINDE: Fahre fort.

CELIA: Dort lag er, hingestreckt, wie ein verletzter Ritter.

ROSALINDE: Wenn's auch ein Jammer ist, sowas zu sehen, so muß er doch den Boden schön verziert haben.

CELIA: Schrei deiner Zunge Holla zu, ich bitt dich; sie geht dir ganz ungehörig durch! – Er war wie ein Jäger gekleidet.

ROSALINDE: O Schicksalswink! Er kommt, mein Herz zu töten.

CELIA: Laß mich mein Lied ohne Begleitung singen, du bringst mich aus dem Ton.

ROSALINDE: Weißt du nicht, daß ich ein Weib bin? Wenn ich denke, muß ich auch reden. Liebe, sprich weiter.

Orlando und Jaques treten auf

CELIA: Du bringst mich aus dem Takt. – Still! – Kommt er da nicht?

ROSALINDE: Das ist er. Komm, schlüpf unter! Sehn wir ihn!

Celia und Rosalinde verstecken sich

JAQUES : Ich dank Euch für Eure Gesellschaft, aber
Genauso gern wär ich allein geblieben.

ORLANDO: Ich auch; und doch, weil's Artigkeit verlangt,
Dank ich auch Euch für Euere Gesellschaft.

JAQUES: Lebt wohl, und treffen wir uns möglichst selten.

ORLANDO: Ich suche Eure entferntere Bekanntschaft.

JAQUES: Ich bitte Euch, verderbt keine Bäume mehr damit, daß Ihr Liebeslieder in die Rinde schneidet.

ORLANDO: Ich bitte Euch, verderbt keine von meinen Versen mehr damit, daß Ihr sie böswillig lest.

JAQUES: Rosalinde ist Eurer Liebsten Name?

ORLANDO; Ja, stimmt genau.

JAQUES: Ich mag ihren Namen nicht.

ORLANDO; Kein Mensch dachte dran. Euch zu gefallen, als man ihn ihr gab.

JAQUES: Wie groß ist sie denn?

ORLANDO: Sie geht mir genau ans Herz.

JAQUES: Ihr seid voll von so hübschen Antworten! Habt Ihr nicht mit Goldschmiedweibern zu tun gehabt und die Sprüchlein aus ihren Ringen aufgelesen?

ORLANDO: Nein, aber ich antworte Euch wie die gemalten Figuren auf den billigen Tapeten, von denen Ihr Eure Fragen gelernt habt.

JAQUES: Ihr habt einen gewandten Witz. Ich denke, der wurde aus der schnellfüßigen Atalanta Fersen gemacht. Wollt Ihr Euch mit mir hersetzen, dann wollen wir beide über unsere liebe Frau Welt und all unser Unglück herziehen.

ORLANDO: Ich will gegen nichts lästern, was auf dieser Welt atmet, außer gegen mich selbst, von dem ich die meisten Fehler kenne.

JAQUES: Euer ärgster Fehler ist, daß Ihr verliebt seid.

ORLANDO: Den Fehler geb ich nicht für Eure beste Tugend her. Ich hab Euch satt.

JAQUES: Meiner Treu, ich suchte einen Narren, als ich Euch fand.

ORLANDO: Der ist im Bach ertrunken; guckt nur hinein, so werdet Ihr ihn sehen.

JAQUES: Da werde ich mein eigenes Bild sehen.

ORLANDO: Das, glaube ich, entweder das eines Narren oder einer Null ist.

JAQUES: Ich halte mich nicht länger mit Euch auf; lebt wohl, guter Signor Liebesschmerz.

ORLANDO: Ich freue mich, daß Ihr geht; adieu, guter Monsieur Weltschmerz.

Jaques ab. Rosalinde und Celia treten aus ihrem Versteck

Rosalinde *(zu Celia)*: Ich will ihn anreden wie ein vorlauter Lakai, und ihn in diesem Aufzug zum besten haben. – Hört Ihr, Förster?

Orlando: Ja, gut. Was wollt Ihr?

Rosalinde: Bitte sagt mir, wieviel Uhr es ist.

Orlando: Ihr müßt mich fragen, welche Tageszeit. Eine Uhr gibt's hier im Wald nicht.

Rosalinde: Dann gibt's auch keinen wahren Liebhaber hier im Wald; sonst würde sein Seufzen jede Minute und sein Ächzen jede Stunde den trägen Fuß der Zeit genauso gut zeigen wie eine Uhr.

Orlando: Und warum nicht den schnellen Fuß der Zeit? Wäre das nicht geradeso passend?

Rosalinde: Keineswegs, Herr. Bei verschiedenen Menschen geht die Zeit in verschiedener Gangart. Ich sag Euch, wem die Zeit gemächlich geht, wem sie langsam geht, wem sie galoppiert und für wen sie stillsteht.

Orlando: So sag, wem geht sie langsam?

Rosalinde: Ach, langsam und schleppenden Schrittes einem jungen Mädchen von der Verlobung bis zum Hochzeitstag: und sind auch nur sieben Nächte dazwischen, so ist der Gang der Zeit so schleppend, daß es ihr wie sieben Jahre scheint.

Orlando: Wem geht die Zeit gemächlich?

Rosalinde: Einem Priester, der kein Latein kann, und einem reichen Mann, der nicht die Gicht hat. Denn der eine schläft ruhig, weil er nicht studieren kann, und der andre lebt lustig, weil ihm nichts wehtut. Dem einen fehlt die Last der dürren, auszehrenden Gelehrsamkeit, der andere kennt nicht die Last der schweren, ermüdenden Armut. – Denen geht die Zeit gemächlich dahin.

Orlando: Wem galoppiert sie?

Rosalinde: Einem Dieb auf dem Weg zum Galgen; denn ging's auch so langsam und sachte, wie ein Fuß nur auftreten kann, er glaubt doch, daß er viel zu schnell dort ist.

Orlando: Und wem steht sie still?

Rosalinde: Den Advokaten in den Gerichtsferien, denn die schlafen von einem Termin zum andern, und da merken sie gar nicht, wie die Zeit dahingeht.

Orlando; Wo wohnst du, lieber Junge?

Rosalinde: Bei dieser Schäferin, meiner Schwester; hier, am Saum des Waldes, wie die Fransen an einem Unterrock.

ORLANDO: Seid ihr von hier?

ROSALINDE: Wie das Kaninchen dort, das wohnt, wo es geboren ist.

ORLANDO: Eure Tonart ist aber um etliches feiner, als Ihr sie Euch an einem so abgelegenen Ort aneignen könntet.

ROSALINDE: Das haben mir schon viele gesagt. Mich hat nämlich mein alter Onkel, ein Geistlicher, reden gelehrt, der in seiner Jugend ein Mann von Welt war und den Hof nur zu gut kannte, denn beim Hofmachen verliebte er sich. Ich habe ihn manche Predigt dagegen halten gehört, und ich danke Gott, daß ich kein Weib bin und keines von den leichtfertigen Lastern an mich herankann, die er immer dem ganzen weiblichen Geschlecht zur Last gelegt hat.

ORLANDO: Wißt Ihr noch einen der Hauptfehler, die er den Weibern zuschrieb?

ROSALINDE: Hauptfehler gab's da gar nicht. Die sahen einander alle gleich wie ein Groschen dem andern. Jeder einzelne schien ungeheuerlich, bis sein Mitfehler kam und genauso aussah.

ORLANDO: Ich bitte dich, nenn mir doch einige von ihnen.

ROSALINDE: Nein, ich will meine Medizin nicht verschwenden. Die geb ich nur denen, die krank sind. Da geistert ein Mann hier im Wald herum, der mißbraucht unsere jungen Bäume, indem er »Rosalinde« in ihre Rinden schneidet; der hängt Oden an den Hagedorn und Elegien an die Brombeersträucher; und das alles, ob Ihr's glaubt oder nicht, um den Namen »Rosalinde« zu vergöttern. Wenn ich den mit seinem Herzenskram treffen könnte, dem gäb ich guten Rat, denn den scheint Tag für Tag das Liebesfieber zu plagen.

ORLANDO: Ich bin der, den die Liebe so schüttelt: ich bitte Euch, sagt mir Euer Heilmittel.

ROSALINDE: Ihr habt aber keines von meines Onkels Merkmalen. Er lehrte mich einen Verliebten erkennen; ich bin aber sicher, daß Ihr in diesem Vogelbauer nicht gefangen seid.

ORLANDO: Was für Merkmale hat er denn angegeben?

ROSALINDE: Eingefallene Wangen, die habt Ihr nicht. Blaue Ringe um die Augen, die habt Ihr nicht. Eine verbohrte Denkweise, die habt Ihr nicht. Einen verwilderten Bart, den habt Ihr nicht (aber den erlasse ich Euch, denn was Ihr überhaupt an Bart habt, das ist eine Abfindung für einen jüngeren Bruder). Dann sollten Eure Strümpfe nicht hochgezogen sein. Euer Hut ohne Band, Eure Ärmel nicht geknöpft, Eure Schuhe nicht zugeschnürt, und alles an Euch vernachlässigt und trostlos. Aber so einer seid Ihr nicht, Ihr seid eher so sorgfältig zurechtgemacht, wie einer, der mehr in sich selbst verliebt ist als in irgendwen sonst.

ORLANDO: Schöner Junge, ich wollte, ich könnte dich glauben machen, daß ich liebe!

ROSALINDE: Mich glauben machen? Da könntet Ihr gerade so gut die, die Ihr liebt, glauben machen, was sie, möcht ich wetten, sicher eher tun wird, als einzugestehen, daß sie es tut. Das ist einer von den Punkten, in denen Frauen immer wieder ihr Gewissen Lügen strafen, aber, allen Ernstes, seid Ihr der, der den Bäumen die Verse anhängt, in denen Rosalinde so hochgelobt wird?

ORLANDO; Ich schwöre dir, Jüngling, bei der weißen Hand Rosalindes, ich bin's! Der Unglückliche bin ich.

ROSALINDE: Aber seid Ihr so verliebt wie Eure Reime sagen?

ORLANDO: Weder die Reime noch ihr Inhalt können sagen, wie sehr.

ROSALINDE: Liebe ist weiter nichts als ein Wahnsinn; und ich sage Euch, gerade wie der Wahnsinn verdient sie einen dunklen Verschlag und eine Peitsche. Und die Ursache, warum die Verliebten nicht so gezüchtigt und geheilt werden, ist nur, daß dieser Irrsinn so verbreitet ist, daß sogar die mit den Peitschen selber verliebt sind. Ich aber suche ihn mit gutem Rat zu heilen.

ORLANDO: Habt Ihr schon jemand so geheilt?

ROSALINDE: Ja, einen, und zwar auf folgende Art: Er mußte sich vorstellen, ich sei seine Herrin, und ich trug ihm auf, mir jeden Tag den Hof zu machen. Ich, obwohl ich nur ein launenhafter Junge bin, war dann abwechselnd traurig, weibisch, unbeständig, sehnsüchtig, zugetan, stolz, voll von Hirngespinsten, äffisch, oberflächlich, wankelmütig, voll von Tränen, voll von Lächeln; für jede Leidenschaft etwas und für keine Leidenschaft wirklich was richtiges, wie Jungen und Weiber meistens Vieh von dieser Farbe sind. Bald mochte ich ihn, bald konnte ich ihn nicht leiden; einmal hieß ich ihn willkommen, ein andermal schwor ich ihm ab; jetzt weinte ich nach ihm, dann spuckte ich auf ihn. So trieb ich meinem Liebhaber die verrückte Laune seiner Liebe aus und trieb ihn zu einer wirklich lebhaften Laune der Verrücktheit. Die bestand darin, daß er dem ganzen Getriebe der Welt abschwor, um in einem Winkel ein Mönchsleben zu führen. Und so hab ich ihn geheilt, und so will ich auch Euch die

Leber so rein waschen wie ein gesundes Schafsherz, daß nicht ein Fleck von Liebe mehr dran sein soll.

ORLANDO: Ich will nicht geheilt sein, mein Junge.

ROSALINDE: Ich würde Euch heilen, wenn Ihr mich nur Rosalinde nennen und täglich in meine Hütte kommen und um mich werben wolltet.

ORLANDO: Nun, so wahr ich treu liebe, das will ich! Sag mir, wo sie ist.

ROSALINDE: Geht mit mir hin, so will ich sie Euch zeigen. Und unterwegs sollt Ihr mir sagen, wo Ihr hier in diesem Wald wohnt. Wollt Ihr kommen?

ORLANDO: Von ganzem Herzen, guter Junge.

ROSALINDE: Nein, Ihr müßt mich Rosalinde nennen. Komm, Schwester, gehst du mit? *Alle ab*

3. Szene — *Im Wald*

Prüfstein und Audrey treten auf, hinter ihnen Jaques

PRÜFSTEIN: Komm nur, liebe Audrey! Deine Ziegen hol ich dir schon, Audrey. Und sag, Audrey! Bin ich nicht doch ein rechter Mann? Gefallen dir meine schlichten Gliedmaßen nicht?

AUDREY: Eure Gliedmaße? Gott behüte uns! Was für Gliedmaße?

PRÜFSTEIN: Ich bin hier bei dir und deinen Ziegen, wie jener sprunghafte Bock unter den Dichtern, der brave Ovid, am Schwarzen Meer in seinen letzten Zügen.

JAQUES *(beiseite)*: O hohe Bildung, du bist schlecht untergebracht, schlechter als Jupiter unterm Strohdach!

PRÜFSTEIN: Wenn eines Mannes Verse nicht verstanden werden, wenn sein scharfer Geist nicht vom flinken Kind Verständnis unterstützt wird, das schlägt ihn noch mehr tot als eine große Abrechnung in einem kleinen Raum … Wahrlich, ich wünschte, die Götter hätten dir Poesie gegeben!

AUDREY: Ich weiß nicht, was das ist, Poesie? Ist das auch was Anständiges? In Worten und Taten? Ist das was Wahres?

PRÜFSTEIN: Nein, wahrlich, das nicht. Denn die wahrste Poesie ist die täuschendste. Und Liebende sind der Poesie ergeben und was sie in der Poesie schwören, davon kann man sagen, daß sie es sich als Liebende nur vortäuschen.

AUDREY: Und dann wünscht Ihr, daß die Götter mir Poesie gegeben hätten?

PRÜFSTEIN: Ja, wahrlich: denn du schwörst mir, du bist ehrbar. Nun, wenn das Poesie wäre, dann hätt ich doch einige Hoffnung, daß du mir das nur vormachst.

AUDREY: Wolltet Ihr denn nicht, daß ich ehrbar bin?

PRÜFSTEIN: Nein, wahrlich nicht, außer wenn du häßlich wärst. Denn Ehrbarkeit und zugleich Schönheit, das ist wie Zucker mit Honig übergossen.

JAQUES *(beiseite)*: Ein materialistischer Narr!

AUDREY: Gut. Ich bin nicht schön, und drum bitt ich die Götter, daß sie mich ehrbar machen.

PRÜFSTEIN: Wahrlich, aber Ehrbarkeit an eine häßliche Schlampe zu verschwenden, das hieße, gutes Fleisch in eine unsaubere Schüssel tun.

AUDREY: Eine Schlampe bin ich nicht, wenn ich auch den Göttern danke, daß ich häßlich bin,

PRÜFSTEIN: Gut, dann allen Göttern Dank für deine Häßlichkeit! Die Schlamperei kann immer noch nachkommen. Aber sei es, wie es auch sei, ich will dich heiraten, und zu diesem Zweck bin ich bei Hochwürden Oliver Stottertext gewesen, dem Pfarrer aus dem nächsten Dorf, der mir versprochen hat, mich hier im Wald zu treffen und uns zu copulieren.

JAQUES *(beiseite)*: Diese Copulation möchte ich gern mit ansehen.

AUDREY: Gut, Gott schenk uns Freude!

PRÜFSTEIN: Amen! Einer, der ein ängstliches Herz hat, könnte bei diesem Wagnis wohl schon stolpern. Denn wir haben hier kein Gotteshaus als den Wald, und keine Gemeinde als das Hornvieh. Doch wenn schon? Nur Mut! Hörner sind zwar hassenswert, aber unvermeidlich. Es heißt, »Mancher Mann weiß gar nicht, wo sein Hab und Gut endet«. Stimmt: Mancher Mann hat gute Hörner und weiß gar nicht, wieviel Enden sie haben. Gut, die bringt ihm sein Weib in die Ehe mit, die hat er nicht selbst erworben. Hörner – nun ja – und nur *arme* Männer? Nein, nein, der edelste Hirsch trägt sie so hoch, wie der junge Bock, der sich grad die ersten abstößt. Ist also der ledige Mann gesegnet? Nein: so wie eine Stadt mit ihren hohen Zinnen ehrenwerter ist als ein Dorf, so gebietet auch die Stirne eines Ehemanns mehr Ehre als die nackten Schläfen eines Junggesellen;

und um das, um das Wehr und Waffen besser sind als das Unvermögen, ist auch ein Horn kostbarer als gar nichts.

Hochwürden Oliver Stottertext tritt auf

Da kommt Hochwürden Oliver Stottertext, gut, daß wir uns treffen. Wollt Ihr uns hier unter diesem Baum abfertigen, oder sollen wir mit Euch in Eure Kapelle gehen?

HOCHWÜRDEN OLIVER: Ist keiner da, um die Braut wegzugeben?

PRÜFSTEIN: Ich würde sie doch von keinem annehmen, der sie weggibt!

HOCHWÜRDEN OLIVER: Nein, wirklich, sie muß weggegeben werden, oder die Heirat ist nicht nach dem Gesetz.

JAQUES: Nur zu! Nur zu! Ich will sie geben.

PRÜFSTEIN: Guten Abend, werter Herr Na-wie-heißt-Ihr-nur! Wie geht's, mein Herr? Schön, Euch zu treffen! Gott lohn Euch die Gesellschaft von unlängst. Ich bin sehr froh, Euch zu sehen:… gerade ein kleines Geschäft hier zu verrichten, Herr. Nein, bitte, bedeckt Euch doch!

JAQUES: Wollt Ihr heiraten, Hansnarr?

PRÜFSTEIN: Wie der Ochse sein Joch hat, Herr, das Pferd seinen Zaum und der Falke seine Schellen, so hat auch ein Mann seine Wünsche: und wie die Tauben schnäbeln, so war auch der Ehestand was zum Vernaschen.

JAQUES: Und wollt Ihr, ein Mann von Eurer Erziehung, unter einem Busch verheiratet werden wie ein Bettler? Geht doch in die Kirche und nehmt einen ordentlichen Priester, der Euch sagen kann, was die Ehe ist. Dieser Bursche da wird Euch nur so zusammentun wie die Bretter einer Holztäfelung; dann erweist sich, daß eins von euch eintrocknet, und wie beim grünen Holz geht's aus den Fugen und kracht und kracht.

PRÜFSTEIN *(beiseite)*: Darum geht's mir nicht, aber sonst wär's besser, daß der mich traut als ein anderer, denn der traut mich sicher nicht richtig; und wenn ich nicht richtig getraut bin, dann ist das nachher eine gute Ausrede für mich, mein Weib zu verlassen.

JAQUES: Kommt mit mir, und laß mich dir raten.

PRÜFSTEIN: Komm, süße Audrey, komm!

Entweder heiraten wir, oder wir leben nicht fromm. Lebt wohl, guter Meister Oliver! Nicht:

»O süßer Oliver, o wackrer Oliver,
Laßt mich nicht ungetraut stehn!«

sondern:

»Fort mit Euch,
Geht nur gleich,
Ich will mit Euch zur Trauung nicht gehn!«

Jaques, Prüfstein und Audrey ab

HOCHWÜRDEN OLIVER: Macht nichts. Keiner von diesen närrischen Halunken soll mich mit seinen Streichen aus meinem Beruf spotten. *Ab*

4. Szene

Im Wald

Rosalinde und Celia treten auf

ROSALINDE: Nein, sag mir nichts, ich will weinen.

CELIA: Bitte! Aber habe die Güte zu bedenken, daß Tränen einen Mann nicht kleiden.

ROSALINDE: Aber hab ich nicht Grund zu weinen?

CELIA: So guten Grund, wie man sich nur wünschen kann: weine nur.

ROSALINDE: Sogar sein Haar ist von der Farbe der Falschheit!

CELIA: Etwas brauner als das des Judas. Ja, ja, seine Küsse – das sind die rechten Judaskinder.

ROSALINDE: Im Grunde hat sein Haar doch eine schöne Farbe.

CELIA: Eine ausgezeichnete Farbe! Du warst schon immer nur für Nußbraun.

ROSALINDE: Und seine Küsse sind so heilig wie die Berührung des geweihten Brots.

CELIA: Er hat ein Paar von Diana abgelegte Lippen gekauft: eine Nonne von den Winterschwestern küßt nicht geistlicher: der hat wirklich das Eis der Keuschheit auf den Lippen.

ROSALINDE: Aber warum hat er geschworen, heute morgen zu kommen, und kommt nicht?

CELIA: Nein, wirklich, ihm ist nicht zu glauben.

ROSALINDE: Meinst du?

CELIA: Ja. Ich meine, er ist kein Taschendieb und auch kein Pferdedieb; aber was seine Wahrhaftigkeit in der Liebe betrifft, meine ich, er ist so hohl wie ein umgestürzter Becher oder eine wurmstichige Nuß.

ROSALINDE: Nicht treu in der Liebe?

CELIA: Ja, wenn er verliebt ist; aber ich meine, er ist es nicht.

ROSALINDE: Du hast ihn aber doch unumwunden schwören gehört, daß er es war.

CELIA: *War* ist nicht *ist*. Außerdem, der Schwur eines Liebenden zählt nicht mehr als das Wort eines Schankwirts. Beide schwören auf falsche Rechnungen. Er gehört hier im Wald zum Gefolge des Herzogs, Eures Vaters.

ROSALINDE: Ich hab den Herzog gestern getroffen, und er hat mich viel gefragt. Er wollte wissen, von welcher Herkunft ich bin. Ich sagte ihm, von geradeso guter wie er. Da lachte er und ließ mich gehen. Aber warum von Vätern reden, solange es einen Mann gibt wie Orlando?

CELIA: Oh, ein prächtiger Mann! Er schreibt prächtige Verse, spricht prächtige Worte, schwört prächtige Eide und bricht sie auch prächtig, gerade quer durch seiner Liebsten Herz, wie ein grüner Junge im Turnier, der sein Pferd nur einseitig anspornt und seine Lanze zerbricht wie ein rechter Tölpel: aber prächtig ist alles, wo die Jugend aufsitzt und die Narrheit lenkt. Wer kommt da?

Corin kommt

CORIN: Fräulein, und Ihr, Herr, ihr habt oft gefragt nach
Dem Schäfer, der sein Liebesleid beklagte,
Den ihr bei mir im Grase sitzen saht,
Und der die hochnäsige Hirtin lobte,
Die seine Herrin war.

CELIA: Schön, und was tut er?

CORIN: Wenn ihr ein Schauspiel sehn wollt, wahr gespielt
Von blassen Zügen wahrer Liebe und
Der roten Glut hochfahrender Verachtung,
Kommt ein paar Schritte mit, ich will euch führen,
Wenn ihr es sehn wollt.

ROSALINDE: Ja, doch, laßt uns gehn:
Wer liebt, den labt es, Liebende zu sehn.
Bring uns nur hin, dann wirst du vielleicht sagen,
Ich hab zu ihrem Stück noch beigetragen. *Alle ab*

5. Szene

Eine andere Stelle im Wald
Silvius und Phoebe treten auf

SILVIUS: Geliebte Phoebe, nicht so schroff! Nein, Phoebe!
Sag, daß du mich nicht liebst, doch sag es nicht
So bitter. Selbst der Henker, dem das Herz doch
Hart durch Gewohnheit ist, den Tod zu sehn,
Zückt nicht das Beil auf den gebeugten Nacken,
Bevor er sich entschuldigt. Bist du härter
Als der, dem Blut von seinem täglichen Brot tropft?

Rosalinde, Celia und Corin treten in einigem, Abstand auf

PHOEBE: Dein Henker möcht ich gar nicht sein: Ich flieh doch,
Weil ich dich nicht verletzen will. Du sagst mir,
In meinem Aug ist Mord. Sehr hübsch, ja wirklich,
Und glaubhaft! Augen, die so zart wie nichts sind,
Die ängstlich sich vor jedem Stäubchen schließen,
Sollen Tyrannen, Schlächter, Mörder heißen!
Jetzt bin ich dir von Herzen bös, und wenn dich
Mein Aug verwunden kann, soll's jetzt dich töten!
Jetzt spiel doch Ohnmacht! Komm, fall doch zu Boden!
Und kannst du's nicht, dann schäm dich, pfui! Doch lüg nicht
Und sag nicht, meine Augen seien Mörder!
Zeig doch, wo dich mein Aug verwundet hat,
Ritz dich mit einer Nadel nur, so bleibt doch
Ein Kratzer; stütz die Hand auf einen Strohhalm,
So bleibt in deiner Haut davon ein Eindruck,
Wenn auch nur kurz; doch meine Augen jetzt, die
Dich anblitzten, haben dich nicht verwundet.
Nein. Augen haben sicher keine Kraft,
Wunden zu schlagen.

SILVIUS : O geliebte Phoebe!
Wenn je – und dieses Je, das könnte bald sein –
Auf frischen Wangen du der Liebe Macht triffst,
Dann kennst auch du die unsichtbaren Wunden
Des scharfen Pfeils der Liebe!

PHOEBE: Doch bis dahin
Komm du mir nicht zu nah, und wenn die Zeit kommt,
Laß deinen Spott mich fühlen, nicht dein Mitleid;

Mitleid hab ich – bis dann – auch nicht mit dir.
ROSALINDE *(tritt vor)*: Warum denn, bitt Euch!? Wer ist Eure Mutter,
Daß Ihr den Armen kränkt und noch zugleich
Frohlockt? Wie? Da Ihr doch auch nicht mehr Schönheit
– denn, meiner Treu, mehr seh ich nicht an Euch –
Habt, als auch ohne Licht zu Bett gehn kann!
Müßt Ihr drum stolz und mitleidlos sein? Sagt!
Was soll das? Warum seht Ihr mich so an?
Ich seh in Euch nichts als die Dutzendware,
Wie die Natur sie feilhält. Gott! Wahrhaftig,
Ich glaub, sie will auch mir noch Augen machen!
Nein, Stolze! Das hofft nicht! Nicht dunkle Brauen,
Noch Euer schwarzes Seidenhaar, noch Eure
Milchigen Wangen, noch die Kulleraugen
Können mich bändigen, Euch anzuhimmeln.
Du närrischer Schäfer, was läufst du ihr nach wie
Der neblige Süd, der Wind und Regen pustet?
Du bist ein tausendmal rechterer Mann
Als sie ein Weib: Nur Narren deinesgleichen
Machen die Welt so voll von häßlichen Kindern. –
's ist nicht ihr Spiegel, der ihr schmeichelt, Ihr seid's!
In Eurem Auge sieht sie sich viel schöner,
Als je etwas an ihr sie zeigen kann.
Fräulein, erkennt Euch selbst doch! Da kniet nieder
Und dankt mit Fasten und Gebeten dem Himmel
Daß Euch ein guter Mann so lieb hat, denn
Aus Freundschaft Euch ins Ohr: Schließt nur den Handel,
So lang Ihr könnt! Der Markt steht nicht nach Euch!
Entschuldigt Euch bei ihm, liebt ihn als Euren Retter!
Häßlich ist häßlicher noch bei 'nem Spötter! –
Nimm sie nur, Schäfer, und gehab dich wohl!
PHOEBE: Ich bitt Euch, schöner Jüngling, schimpft ein Jahr lang!
Ich hör Euch lieber schimpfen als ihn werben!
ROSALINDE; Er hat sich in Eure Häßlichkeit verliebt, und sie wird sich in meinen Zorn verlieben. Wenn's das ist, so will ich's ihr immer, wenn sie dir mit bösen Blicken antwortet, mit bitteren Worten eintränken. Was seht Ihr mich so an?
PHOEBE: Ganz sicher nicht aus Feindschaft!

ROSALINDE: Ich bitte Euch, verliebt Euch nicht in mich,
Denn ich bin falscher als ein Schwur beim Wein.
Zudem, ich mag Euch nicht. – Ach, wo ich wohne?
Bei den Oliven dort, nicht weit von hier.
Nun: gehn wir, Schwester? – Schäfer, laß nicht locker!
Komm, Schwester! Schäferin, seht ihn gut an,
Und seid nicht stolz: Säh alle Welt auch her,
Kein Mensch könnt je verguckt sein so wie er.
Nun, kommt, zu unsrer Herde! *Rosalinde, Celia und Corin ab*
PHOEBE: Des toten Schäfers Wort kommt mir zurück:
»Wer liebte je, wenn nicht beim ersten Blick?«
SILVIUS: Geliebte Phoebe!…
PHOEBE: Wie? Was sagst du, Silvius?
SILVIUS: Geliebte Phoebe, hab doch mit mir Mitleid!
PHOEBE: Ach ja, du tust mir leid, mein guter Silvius.
SILVIUS; Wo Mitleid ist, da könnt auch Hilfe sein,
Wenn dir mein Liebeskummer Kummer macht,
Gib mir nur deine Liebe, und dein Kummer
Und meiner wär dahin.
PHOEBE: Du hast von mir ja
Herzliche Nächstenliebe! Ist das nichts?
SILVIUS: Dich will ich haben!
PHOEBE: Was ? – Das wäre Habsucht.
Silvius, die Zeit ist um, da ich dich haßte,
Doch ist's auch noch nicht so, daß ich dich liebte.
Aber du kannst von Liebe so schön sprechen,
Daß ich deine Gesellschaft, die mir bisher
Verleidet war, erdulden will; ja, mehr noch:
Ich will dir Dienste auferlegen, aber
Erwarte keinen andern Lohn dafür
Als deine eigne Freude, mir zu dienen.
SILVIUS: So heilig und so groß ist meine Liebe
Und ich bin deiner Gnade so bedürftig,
Daß ich's für reiche Ernte halten muß,
Gebrochne Ähren hinter dem zu lesen,
Der alles einheimst. Lächle dann und wann
Mir flüchtig zu nur, daß ich leben kann.
PHOEBE: Kennst du den jungen Mann, der zu mir sprach?

Silvius: Nicht gut, doch hab ich ihn schon oft getroffen.
Er hat die Hütte und den Weidegrund
Gekauft, wo früher der alte Carlot war.
Phoebe: Denk nicht, ich lieb ihn, weil ich nach ihm frage.
Er ist nur jung und keck – zwar reden kann er!
Doch was liegt mir an Worten? Andrerseits:
Worte tun gut, wenn, der sie spricht, gefällt.
Ein hübscher Junge. – Nun, nicht gar zu hübsch,
Und sicher stolz. Und doch: Sein Stolz, der steht ihm.
Der wird ein rechter Mann! Das beste an ihm
Ist sein Gesicht. Noch schneller als sein Mund
Verletzte, heilte das sein Auge wieder.
Groß ist er nicht, doch groß für seine Jahre;
Die Beine nur so so, und doch recht gut!
Auf seinen Lippen war ein schönes Rot,
Ein rot, ein wenig feuriger und reifer
Als auf den Wangen, grad der Unterschied
Wie zwischen rosa oder roten Rosen.
Ja, Silvius, manche Fraun – an meiner Stelle –
Die ihn so gut gesehen hätten, wären
Schon fast verliebt in ihn. Doch ich für mein Teil,
Ich lieb ihn nicht und haß ihn nicht, obwohl ich
Mehr Grund hätt, ihn zu hassen als zu lieben.
Denn wie kam er dazu, mit mir zu schimpfen?
Ich hätte schwarze Augen, schwarzes Haar;
Ja, eigentlich hat er mich doch gelästert!
Ich wüßt gern, warum ich nicht Antwort gab.
Nun, aufgeschoben ist nicht aufgehoben:
Ich schreib ihm einen Brief, der sagt's ihm tüchtig.
Und du sollst ihn bestellen. Willst du, Silvius?
Silvius: Von Herzen gern, Phoebe!
Phoebe: Ich schreib ihn gleich!
Ich hab ihn schon im Kopf – und auch im Herzen.
Kurz will ich sein, und bitter: ihn soll's schmerzen!
Silvius, komm mit! *Beide ab*

Vierter Akt

1. Szene

Im Wald

Rosalinde, Celia und Jaques treten auf

JAQUES: Ich bitte dich, schöner Junge, laß mich mit dir näher bekannt werden.

ROSALINDE; Man sagt, Ihr seid ein melancholischer Mensch.

JAQUES: Das bin ich; ich mag das lieber als Lachen.

ROSALINDE: Menschen, die dem einen oder anderen Extrem verfallen, sind unmenschlich und sind selbst schuld, daß jeder Hans und Franz sie tadelt, ärger als Säufer.

JAQUES: Ach, es ist schön, traurig zu sein und nichts zu sagen.

ROSALINDE: Ach, dann ist's auch schön, ein Türpfosten zu sein.

JAQUES: Meine Melancholie ist weder die des Gelehrten – die ist Wettstreit; noch die des Musikers – die ist unwirklich; noch die des Höflings – die ist hoffärtig; noch die des Soldaten – die ist ehrgeizig; noch die des Advokaten – die ist verschlagen; noch die der Dame – die ist raffiniert; noch die des Liebhabers – die ist das alles zusammen; sondern es ist meine eigene Melancholie, gemischt aus mancherlei Ingredienzen, eine Essenz aus mancherlei Kräutern, und eigentlich die Frucht der Betrachtungen, zu denen ich auf meinen Wanderungen kam und die mich in eine höchst trübsinnige Laune hüllen.

ROSALINDE: Ein Wanderer! Meiner Treu, da habt Ihr wirklich Grund, traurig zu sein! Ich fürchte, Ihr habt Eure eigenen Ländereien verkauft, um die anderer Leute zu sehen. Denn viel gesehen haben und nichts haben, das heißt, reiche Augen haben und arme Hände.

JAQUES: Ja, ich habe meine Erfahrungen gemacht!

ROSALINDE: Und Eure Erfahrungen machen Euch traurig: Ich hätte lieber einen Narren, der mich lustig macht als Erfahrungen, die mich traurig machen. Und dazu auch noch Wandern!

Orlando tritt auf

ORLANDO: Glücklichen guten Tag, lieb Rosalinde!

JAQUES: Nein, dann Gott befohlen! Wenn Ihr auch noch in Blankversen redet!

ROSALINDE: Fahrt wohl, Monsieur Wandersmann! Seht zu, daß Ihr durch die Nase sprecht und ausländische Kleider tragt! Macht alles

Gute Eures eigenen Landes herunter, liebt Eure Heimat nicht mehr, ja, zankt fast mit Gott, daß er Euch kein anderes Aussehen verliehen hat; sonst glaub ich Euch kaum, daß Ihr je in einer Gondel gefahren seid. *(Jaques ab)* – Nun, und Ihr, Orlando! Wo seid denn Ihr die ganze Zeit gewesen? Ihr ein Liebhaber? Wenn Ihr mir noch einmal so einen Streich spielt, so kommt mir nie wieder unter die Augen!

ORLANDO: Meine schöne Rosalinde, es ist noch keine Stunde später als ich versprach.

ROSALINDE: Ein Liebesversprechen um eine Stunde brechen! Einer, der eine Minute in tausend Teile teilt und auch nur einen Bruchteil eines solchen Tausendstels in Liebessachen bricht, den hat Amor vielleicht auf die Schulter geklopft, aber, dafür stehe ich, sein Herz ist unberührt!

ORLANDO: Verzeiht mir, liebe Rosalinde!

ROSALINDE; Nein, wenn Ihr Euch so viel Zeit laßt, kommt mir nicht mehr unter die Augen: da hätt ich grad so gern einen Schneck zum Freier.

ORLANDO: Einen Schneck?

ROSALINDE: Ja, einen Schneck; denn wenn der auch langsam kommt, so trägt er doch sein Haus auf dem Rücken; eine bessere Aussteuer, denke ich, als Ihr einer Frau gebt. Außerdem, er bringt sein Schicksal gleich mit.

ORLANDO: Was ist das?

ROSALINDE: Nun, seine Hörner. Die wollen Kerle wie Ihr erst ihren Weibern zu verdanken haben! Aber er kommt schon bewaffnet mit seinem künftigen Glück und schützt so seine Frau vor bösen Zungen.

ORLANDO: Die Tugend setzt keine Hörner auf, und meine Rosalinde ist tugendhaft.

ROSALINDE: Und ich bin Eure Rosalinde!

CELIA: Es gefällt ihm, Euch so zu nennen; aber er hat eine Rosalinde, die schöner ist als Ihr.

ROSALINDE: Kommt, werbt um mich, werbt um mich! Denn jetzt bin ich in Festtagslaune und könnte leicht ja sagen. Was würdet Ihr jetzt zu mir sagen, wenn ich Eure ganz, ganz wirkliche Rosalinde wäre?

ORLANDO: Ich würde küssen, bevor ich etwas sagte.

ROSALINDE: Nein, sagt lieber erst was; und wenn Ihr dann den Faden verliert, dann könntet Ihr die Gelegenheit wahrnehmen zu küssen. Gute Redner, wenn sie steckenbleiben, räuspern sich; und wenn einem Liebhaber – Gott behüte uns! – der Stoff ausgeht, dann ist der sauberste Weg, das zu verhüllen, ein Kuß.

ORLANDO: Wie, wenn der Kuß verweigert wird?

ROSALINDE: Dann zwingt sie Euch, zu bitten, und das gibt wieder neuen Stoff.

ORLANDO: Wer könnte den Faden verlieren, wenn er vor seiner Geliebten steht?

ROSALINDE: Ach, Ihr selber, wenn ich Eure Geliebte wäre! Ihr solltet mir ohne einen einzigen Faden dastehen! Sonst müßte ich meine Sittsamkeit für stärker halten als meinen Geist.

ORLANDO: Was? Ohne einen Faden? Als Antragsteller?

ROSALINDE: Nein, beileibe, nicht am Leibe! Nur Euer Antrag würde den Faden verlieren. – Bin ich nicht Eure Rosalinde?

ORLANDO: Es macht mir Vergnügen zu sagen. Ihr seid es, weil ich gern von ihr spreche.

ROSALINDE: Gut, in ihrer Person sag ich, ich will Euch nicht haben.

ORLANDO: Dann sterbe ich in meiner eigenen Person.

ROSALINDE: Nein, meiner Treu, sterbt nur durch einen Anwalt! Diese arme Welt ist fast sechstausend Jahre alt, und in dieser ganzen Zeit ist nicht ein einziger in eigener Person gestorben, nämlich in Liebessachen. Dem Troilus hat erst eine griechische Keule das Gehirn herausgeschlagen, obwohl er tat, was er nur konnte, um zuvor zu sterben; und er ist eins von den Vorbildern der Liebe! Leander, der hätte noch manches schöne Jahr gelebt, obwohl Hero eine Nonne geworden war, wenn nicht eine heiße Sommernacht gewesen wäre, denn da ging der gute Junge einfach in den Hellespont baden, und da bekam er den Krampf und ertrank, und die törichten Geschichtsschreiber seiner Zeit fanden, der Grund sei »Hero von Sestos«. Aber das sind alles Lügen: Von Zeit zu Zeit sind Männer gestorben, und Würmer haben sie gefressen, aber nicht aus Liebe.

ORLANDO: Ich möchte nicht, daß meine richtige Rosalinde so dächte; denn, ich schwöre Euch, ein böser Blick von ihr könnte mich töten.

ROSALINDE: Bei dieser Hand, ihr Blick könnte keine Fliege töten! Aber kommt, jetzt will ich Eure Rosalinde in einer entgegenkommenderen Stimmung sein; fragt mich, was Ihr wollt! Ich will's Euch gewähren.

ORLANDO: Dann liebe mich, Rosalinde!

ROSALINDE: Ja, meiner Treu, das will ich: Freitag und Samstag und alle Tage.

ORLANDO: Und willst du mich haben?

ROSALINDE: Ja, und noch zwanzig von der gleichen Art!

ORLANDO: Was sagst du da?

ROSALINDE: Seid Ihr nicht gut?

ORLANDO: Ich hoffe, ja.

ROSALINDE: Nun dann, kann man des Guten zuviel haben wollen? Kommt, Schwester, Ihr sollt der Priester sein und uns trauen. Gebt mir Eure Hand, Orlando. Was sagt Ihr, Schwester?

ORLANDO: Bitte dich, trau uns!

CELIA: Ich kann die Worte nicht sagen.

ROSALINDE: Ihr müßt anfangen: »Wollt Ihr, Orlando,…«

CELIA: Nun gut: Wollt Ihr, Orlando, diese Rosalinde zur Frau haben?

ORLANDO: Das will ich.

ROSALINDE: Ja, aber wann?

ORLANDO: Nun, jetzt: So rasch sie uns trauen kann.

ROSALINDE: Dann müßt Ihr sagen: »Ich nehme dich, Rosalinde, zur Frau.«

ORLANDO: Ich nehme dich, Rosalinde, zur Frau.

ROSALINDE: Ich könnt Euch auch nach Euren Papieren fragen; doch ich nehme dich, Orlando, zu meinem Mann! Da kommt ein Mädchen dem Priester zuvor. Und das ist wahr, die Gedanken einer Frau eilen ihren Handlungen voraus.

ORLANDO: Das tun alle Gedanken; sie sind beschwingt.

ROSALINDE: Nun sagt mir, wie lang wollt Ihr sie haben, nachdem Ihr sie gekriegt habt?

ORLANDO: Immer und ewig und noch einen Tag!

ROSALINDE: Sagt »noch einen Tag« ohne das »immer und ewig«. Nein, nein, Orlando, bei den Männern ist's April, wenn sie freien, und Dezember, wenn sie heiraten. Bei den Mädchen ist's Mai, solang sie Mädchen sind, aber der Himmel verändert sich, wenn sie Frauen sind. Ich will eifersüchtiger auf dich sein als ein Turteltauber aus Berberland auf seine Taube; schriller als ein Papagei, wenn der Regen kommt; süchtiger nach immer neuen Vergnügungen als ein Affe und launenhafter in meinen Begierden als eine Meerkatze. Ich will für nichts und wieder nichts weinen wie Diana in den Springbrunnen weinte, und das will ich gerade dann, wenn Ihr lustig sein wollt; ich will lachen wie eine Hyäne, und zwar, wenn du schlafen willst.

ORLANDO: Aber wird meine Rosalinde das tun?

ROSALINDE: So wahr ich lebe, sie wird tun, was ich tue.

ORLANDO: Oh, sie ist aber klug!

ROSALINDE: Sonst hätte sie nicht Geist genug, das zu tun. Je klüger, desto ausgefallener: Sperrt dem Geist einer Frau die Türen zu, so fliegt er aus dem Fenster; macht das Fenster zu, so schlüpft er durchs Schlüsselloch; verstopft das Schlüsselloch, so fliegt er mit dem Rauch zum Schornstein hinaus.

ORLANDO: Ein Mann, der eine Frau mit soviel Geist hätte, könnte entgeistert sein.

ROSALINDE: Nein, das hebt Euch auf, bis Ihr den Geist Eurer Frau unterwegs zu Eures Nachbarn Bett trefft.

ORLANDO: Welcher Geist hätte Geist genug, das zu entschuldigen?

ROSALINDE: Ach, sie könnte ja sagen, sie sei hingekommen, um Euch dort zu suchen. Ihr werdet sie nie ohne Antwort finden, außer Ihr findet sie ohne Zunge. Ach, eine Frau, die nicht ihre eigenen Fehltritte ihrem Mann in die Schuhe schieben kann, die laßt nie ihr Kind selber großziehen! Sie macht es sonst zum Dummkopf!

ORLANDO: Nun, Rosalinde, laß ich dich für zwei Stunden.

ROSALINDE: Ach, Liebster, nicht zwei Stunden ohne dich!

ORLANDO: Ich muß dem Herzog bei Tisch aufwarten; um zwei Uhr will ich wieder bei dir sein.

ROSALINDE: Ja, geht nur, geht nur! Ich wußte ja, wie Ihr sein würdet; meine Freundinnen haben's mir gesagt, und ich hab's mir auch schon gedacht. Eure Schmeichelzunge hat mich beschwatzt: nur eine mehr, die verlassen ist! So komm denn, Tod! – Zwei Uhr, habt Ihr gesagt?

ORLANDO: Ja, süße Rosalinde.

ROSALINDE: Meiner Treu und allen Ernstes, und so Gott mir gnädig sein soll, und bei allen gutklingenden Schwüren, die nicht gefährlich sind: Wenn Ihr von diesem Versprechen ein I-Pünktchen brecht oder auch nur eine Minute zu spät kommt, so will ich Euch für den jämmerlichsten Wortbrecher und falschesten Liebhaber halten und für unwürdig derer, die Ihr Rosalinde nennt, wie man Euch nur aus dem schlechtesten Haufen der Treulosen heraussuchen könnte! Drum hütet Euch vor meinem Tadel und haltet Euer Versprechen.

ORLANDO: So hoch und heilig, als wärst du wirklich meine Rosalinde! Adieu. *Orlando ab*

ROSALINDE: Gut; die Zeit ist der alte Richter, der alle Sünder dieser Art verhört. Soll's nur die Zeit entscheiden. Adieu!

CELIA: Ihr habt in Eurem Liebesgefasel unser ganzes Geschlecht verleumdet. Wir müssen Euch Hosen und Wams über den Kopf ziehen und der Welt zeigen, was der Vogel mit seinem eigenen Nest getan hat!

ROSALINDE: O Kusinchen, Kusinchen, mein schönes kleines Kusinchen! Wüßtest du nur, wieviel Klafter tief ich verliebt bin! Aber es ist nicht auszuloten! Meine Neigung ist so tief, daß niemand sie ergründen kann, wie die Bucht von Portugal.

CELIA: Oder grundlos, oder gar bodenlos: so schnell du deine Liebe hineinschüttest, läuft sie wieder aus.

ROSALINDE: Nein, laß nur diesen boshaften Bastard der Venus, der von Gedanken erzeugt, von der Laune empfangen und vom Wahnsinn geboren wurde, diesen blinden Nichtsnutz von Jungen, der jedermanns Augen zum besten hält, weil er selber keine hat, – laß ihn nur Richter sein, wie tief ich verliebt bin. Ich sag dir, Aliena, ich kann nicht ohne Orlandos Anblick sein! Ich geh und such einen Platz im Schatten, dort will ich seufzen, bis er kommt.

CELIA: Und ich geh schlafen. *Beide ab*

2. Szene

Im Wald

Jaques, einige Edelleute und Förster treten auf

JAQUES: Wer ist es, der den Hirsch getötet hat?

EIN EDELMANN: Herr, das war ich.

JAQUES: Wir wollen ihn dem Herzog vorführen wie einen römischen Triumphator, und es würde sich gut machen, ihm das Hirschgeweih als Siegeskranz auf den Kopf zu setzen. Habt Ihr kein Lied, Förster, zu diesem Anlaß?

FÖRSTER: Ja, Herr.

JAQUES: Singt es; gleich, ob melodisch oder nicht, wenn's nur laut genug ist. *Musik*

FÖRSTER *(singt)*: Was kriegt der, der den Hirsch erlegt?
Sein Lederkleid und Gehörn er trägt.

Drum singt ihn heim! Tragt alle seine Last!
Ohne Zorn trag du das Horn,
Kopfschmuck war's schon, eh du geborn.
Drum …

Dein Vatersvater hat's geführt,
Und deinen Vater hat's geziert.
Drum.

Das Horn, das Horn, das brave Horn
Ist nicht ein Ding für Spott und Zorn!
Drum … *Alle ab*

3. Szene

Im Wald
Rosalinde und Celia treten auf

ROSALINDE: Was sagt Ihr nun? Ist nicht schon nach zwei Uhr?
Und viel von Orlando zu sehen!
CELIA: Ich sage dir, er hat mit reiner Liebe
Und wirrem Kopf mit seinem Pfeil und Bogen
Sich auf den Weg gemacht – und ist dann eingeschlafen. –
Seht, wer da kommt! *Silvius tritt auf*
SILVIUS: Mein Auftrag ist an Euch; Euch, schöner Jüngling,
Hieß meine süße Phoebe mich dies geben.
Ich kenn den Inhalt nicht, doch ich vermute
Nach ihrem strengen Blick und zornigen Gesten,
Während sie schrieb, daß dieser Brief voll Zorn ist.
Verzeiht, ich bin nur Bote, ohne Schuld.
ROSALINDE: Selbst die Geduld müßt auffahrn bei dem Brief
Und Lärm schlagen: Wer das erträgt, trägt alles!
Sie sagt, ich bin nicht schön, hab nicht Manieren;
Sie nennt mich stolz, sagt, mich könnt sie nicht lieben,
Wenn Männer auch so selten wären wie
Der Vogel Phoenix, Himmel, Herrgott! Ihre
Liebe ist nicht der Hase, den ich jage!
Was schreibt sie mir denn so? He, Schäfer, he:
Den Brief da habt Ihr selber angezettelt.

Silvius: Ich schwör Euch, nein! Ich kenn den Inhalt nicht.
Phoebe hat ihn geschrieben.
Rosalinde: Geht nur, geht!
Ihr seid ein Narr und außer Euch vor Liebe!
Ich sah doch ihre Hand; richtiges Leder,
Gelbbraun wie Sandstein. Erst dacht ich, sie hätte
'Nen alten Handschuh an, doch nein, die Hand war's.
Hände wie eine Hausfrau! Doch was schert's mich?
Ich sag nur, dieser Brief kommt nie von ihr,
Nein, Stil und Handschrift sind die eines Mannes.
Silvius: Nein, ihr Brief ist's.
Rosalinde: Was, dieser maßlos wilde,
Grausame Stil! Ein rechter Raufbold-Stil!
Sie fordert mich heraus, wie's Türken taten
Den Christen: eines Weibes zartem Hirn
Könnt solcher grobe Unfug nie entspringen,
Solch Äthiopierrede, deren Sinn noch
Schwärzer ist als die Tinte. Wollt Ihr's hören?
Silvius: Ja, wenn's beliebt. Den Brief hört' ich noch nie,
Doch schon zuviel von Phoebes Grausamkeit.
Rosalinde *(liest vor)*:
Sie phoebt mich! Horch, was die Tyrannin schreibt.
»Bist Du Gott, der nun als Hirt
Eines Mädchens Herz verwirrt?«
Kann ein Weib so lästern?
Silvius: Das nennt Ihr lästern?!
Rosalinde *(liest)*: »Gibst Du Dich nicht zu erkennen,
Frauenherzen zu verbrennen?«
Habt Ihr schon je so lästern gehört?
»Keinem Mann konnt's je gelingen
Mich so in die Knie zu zwingen!«
Als ob ich kein Mann wäre, sondern ein wildes Tier!
»Deiner schönen Augen Hohn
Zwingt mich ja zur Liebe schon:
Welch ein Wunder könnt geschehn
Wenn sie liebend auf mich sähn?
Ach, ich liebte schon Dein Schelten!
Wie wollt ich Dein Flehn vergelten!

Der mein Lieben bringt zu Dir,
Kennt mein Lieben kaum von mir.
Sag versiegelt an durch ihn,
Ob Du mich willst nehmen hin?
Alles, was ich geben kann,
Biet ich, Jüngling, treu Dir an.
Schlägst Du das durch ihn nun ab,
Such ich fortan nur ein Grab.«

SILVIUS: Nennt Ihr das Schimpfen?

CELIA: Ach, armer Schäfer!

ROSALINDE: Habt Ihr Mitleid mit ihm? Nein, er verdient kein Mitleid. – *(zu Silvius)*: Willst du so ein Weib lieben? Wie? Die dich zum Instrument macht und falsche Töne auf dir spielt? Nicht zu ertragen! Gut, geh nur hin zu ihr, denn ich sehe, die Liebe hat einen zahmen Wurm aus dir gemacht. Sag ihr das eine: Wenn sie mich liebt, trage ich ihr auf, dich zu lieben; will sie nicht, so will auch ich sie nie mehr sehen, außer du bittest für sie. Wenn du ein wahrer Liebhaber bist, dann fort und kein Wort mehr, denn da kommt jemand.

Silvius ab, Oliver tritt auf

OLIVER: Ihr Schönen, guten Morgen! Bitt euch, wißt Ihr,
Wo hier am Waldrand eine Schäferhütte
Umfriedet von Olivenbäumen steht?

CELIA: Westlich von hier, das nächste Tal hinab.
Dort rauscht ein Bach, und ihm entlang die Weiden
Laßt Ihr zur Rechten und seid dort. Die Hütte
Hütet um diese Tageszeit nur sich,
Drinnen ist niemand.

OLIVER: Soweit ein Mund ein Aug belehren kann,
Müßt' ich Euch, der Beschreibung nach, erkennen.
Kleidung und Alter stimmt. »Der junge Mann ist
Schön, etwas mädchenhaft und trägt sich wie ein
Erfahrner Förster; und das Mädchen kleiner,
Und brauner als ihr Bruder.« Seid nicht Ihr die
Besitzer jener Hütte, die ich suche?

CELIA: Kein großes Gut!… Da Ihr uns fragt, wir sind's.

OLIVER: Orlando läßt Euch beide grüßen, und
Ihm, den er ›seine Rosalinde‹ nennt,
Schickt er das blutige Tuch da; seid das Ihr?

ROSALINDE: Ich bin's. Was sollen wir daraus entnehmen?
OLIVER: Teils meine Schande, wenn Ihr von mir hört,
Was für ein Mensch ich bin, und wie und wo
Das Tuch da blutig wurde.
CELIA : Bitt Euch, sagt es.
OLIVER: Orlando, als er von Euch fortging, gab Euch
Sein Wort, zurück zu sein in einer Stunde.
Dann ging er durch den Wald, und kaute an
Der süßen und der bitteren Liebe Brot.
Hört, was ihm da geschah: Sein Blick fiel seitwärts,
Und denkt, was sah er!? – Unter einer Eiche
Bemoosten Zweigen, deren Wipfel kahl war
Vom dürren Alter, lag ein Mensch in Lumpen,
Mit wildem Haar, im Schlafe auf dem Rücken.
Um seinen Hals hatte sich goldgrün eine
Schlange gewunden, deren flinker Kopf schon
Drohend sich seinem offnen Munde nahte.
Doch da sah sie Orlando, wand sich los
Und schlüpfte gleitend, im Zickzack, ins Strauchwerk,
In dessen Schatten eine Löwin hockte,
Mit leergesognen Eutern, Kopf am Boden,
Lauernd, nach Katzenart, daß jener Schläfer
Sich rühre, denn das königliche Wesen
Des Löwen ist's, kein Opfer anzupacken,
Das ihm wie tot scheint. Nun, Orlando sah das,
Näherte sich dem Mann und fand, es war
Sein eigner Bruder; ja, sein älterer Bruder
CELIA: Ach, er sprach oft von diesem seinen Bruder,
Und daß er unmenschlicher zu ihm war
Als einer, der sonst lebte!
OLIVER: Ja, das durft er!
Denn ich weiß wohl, daß er unmenschlich war.
ROSALINDE: Jedoch Orlando?! – Ließ er ihn dort liegen,
Zum Fraß der hungrigen Löwin und den Jungen?
OLIVER: Zweimal kehrt' er den Rücken, das zu tun,
Doch Güte, edler als gerechte Rachsucht,
Und Menschlichkeit, stärker als die Versuchung,
Bewegten ihn, die Löwin anzugreifen;

Sie fiel vor ihm im Kampf, von dessen Lärm
Ich aufschrak aus dem unglücksseligen Schlummer.
CELIA: Seid Ihr sein Bruder?
ROSALINDE: Hat er Euch gerettet?
CELIA: Wart Ihr es, der ihm oft ans Leben wollte?
OLIVER: Ich war's, doch bin ich's nicht. Ich schäme mich nicht,
Zu sagen, was ich war, weil meine Umkehr
Mir nun so süß scheint: Das, was ich nun bin.
ROSALINDE: Jedoch das blutige Taschentuch?
OLIVER: Das kommt gleich...
Als wir einander unter Tränen alles
Von A bis Z erzählt hatten; auch wie ich
In dieser Wildnis hergekommen war;
Da führte er mich zu dem edlen Herzog;
Der gab mir neue Kleidung, Essen, und
Befahl mich dann der Liebe meines Bruders.
Der nahm mich gleich in seine Höhle, wo er
Sich auszog, doch da hatte ihn am Arm
Die Löwin wundgerissen, und das hatte
Die ganze Zeit geblutet; also fiel er
In Ohnmacht, rief im Fallen »Rosalinde!«
Kurz, ich bracht' ihn zu sich, verband die Wunde,
Und bald darauf, als er sich schnell erholte,
Schickte er mich hierher, fremd wie ich bin;
Euch soll ich's sagen – daß ihr ihm verzeiht sein
Gebrochenes Versprechen – und dies Tuch hier,
Gefärbt mit seinem Blut, dem jungen Schäfer
Geben, den er im Schmerz nennt Rosalinde.

Rosalinde fällt in Ohnmacht

CELIA: Was hast du? Ganymed! Mein Ganymed!
OLIVER: Manche fallen in Ohnmacht, wenn sie Blut sehn.
CELIA: Doch das heißt mehr. Kusine... Ganymed!
OLIVER: Seht, er erholt sich!
ROSALINDE; Ich wollt, ich wär zu Haus!
CELIA : Wir führ'n dich hin.
Ich bitte Euch, nehmt ihn unterm andern Arm!
OLIVER: Faßt Euch, junger Mensch! – Ihr und ein Mann? Euch fehlt ein Manneherz!

ROSALINDE: Ja, wirklich, ich geb's zu. Ach, Herr, da könnte einer denken, das war doch gut gespielt! Ich bitte Euch, sagt Eurem Bruder, wie gut ich das gespielt habe. Stimmt doch!?

OLIVER: Das war nicht gespielt. Eure Farbe bezeugt zu deutlich, daß das eine ernstliche Gemütsbewegung war.

ROSALINDE: Gespielt, gespielt! Ich versichere Euch.

OLIVER: Nun gut, so faßt Euch ein Herz und spielt jetzt einen Mann.

ROSALINDE: Das tu ich auch: aber, meiner Treu, von Rechts wegen hätt ich ein Weib sein sollen.

CELIA: Komm, du siehst blasser und blasser aus; also bitte, nach Hause. – Lieber Herr, geht mit uns!

OLIVER: Gewiß, ich muß ja meinem Bruder melden,
Wie weit Ihr ihm verziehn habt, ›Rosalinde‹.

ROSALINDE: Ich denk mir etwas aus. Aber, ich bitte Euch, sagt Eurem Bruder, wie gut ich das gespielt habe. – Wollt Ihr gehen? *Alle ab*

Fünfter Akt

1. Szene

Im Wald

Prüfstein und Audrey treten auf

PRÜFSTEIN: Wir werden schon Zeit finden, Audrey. Nur Geduld, liebe Audrey!

AUDREY: Meiner Treu, der Plarrer war gut genug gewesen, trotz allem, was der alte Herr gesagt hat.

PRÜFSTEIN: Hochwürden Oliver? Ein ganz abscheulicher Oliver, Audrey! Ein ganz furchtbarer Stottertext! Aber, Audrey, da ist ein junger Mann hier im Wald, der erhebt Anspruch auf dich.

AUDREY: Ah, ich weiß, wer das ist: Der hat nichts in der Welt von mir zu fordern. Da kommt der Mensch, den Ihr meint.

PRÜFSTEIN: Einen Hanswurst zu sehen, das ist mir Speise und Trank! Wirklich wahr; wir, die wir einen guten Mutterwitz, haben, tragen eine große Verantwortung. Aber wir müssen die Narren zum Narren halten, wir können nicht anders. *William tritt auf*

WILLIAM: Guten Abend, Audrey.

AUDREY: Schön guten Abend, William.

WILLIAM: Auch Euch, mein Herr.
PRÜFSTEIN: Guten Abend, lieber Freund. Setz nur den Hut wieder auf, nein wirklich, setz ihn auf. Wie alt seid Ihr denn, Freund?
WILLIAM: Herr, fünfundzwanzig.
PRÜFSTEIN: Ein reifes Alter. Ist dein Name William?
WILLIAM: William, Herr.
PRÜFSTEIN: Schöner Name. Bist du hier
Im Wald geboren?
WILLIAM: Ja, Herr. Gott sei Dank!
PRÜFSTEIN: »Gott sei Dank« – gute Antwort! – Bist du reich?
WILLIAM: Nun, Herr, so so.
PRÜFSTEIN: »So so« ist gut, sehr gut, wirklich sehr gut!
Und doch auch nicht: »So so« nur. – Bist du weise?
WILLIAM: Ja, Herr, ich hab einen ganzen hübschen Witz.
PRÜFSTEIN: Ach ja, das sagst du gut. Mir fällt ein Spruch ein:
»Der Narr hält sich für weise, doch der Weise,
Der weiß, er ist ein Narr.« Der heidnische Philosoph,
Wenn er begehrte, Weintrauben zu essen,
Tat seine Lippen auf, bevor er sie
Sich in den Mund steckte, um so zu sagen,
Weintrauben sind zum Essen da, und Lippen
Zum Öffnen. – Liebt Ihr also dieses Mädchen?
WILLIAM: Ja, Herr.
PRÜFSTEIN: Gebt mir die Hand. Seid Ihr gelehrt?
WILLIAM: Nein, Herr.
PRÜFSTEIN: Dann lerne das von mir: Haben ist Haben; denn es ist eine Figur in der Rhetorik, daß ein Trunk, den man aus einem Becher in ein Glas schüttet, indem er das eine füllt, den andern leer macht; denn alle unsere Schriftsteller sind sich einig, daß *ipse* Er ist. Nun aber seid Ihr nicht *ipse*, denn *ich* bin *Er*.
WILLIAM: Was für ein Er, Herr?
PRÜFSTEIN: Er, Herr, der dieses Weib heiraten muß! Deshalb, Ihr Hanswurst, resigniert! – Das heißt in der Sprache der Gemeinen, gebt auf – die Kumpanei, das heißt auf bäurisch die Gesellschaft – dieses femininen – was in der gemeinen Sprache weiblichen Wesens heißt; was alles in allem heißt, gebt die Gesellschaft dieses weiblichen Wesens auf, oder, Hanswurst, es ist um dich geschehen, oder, damit du's besser verstehst, du stirbst! Oder, ganz einfach, ich

bring dich um, räume dich aus dem Weg, befördere dich vom Leben zum Tode, von der Freiheit zur Knechtschaft; ich will dir mit Gift zusetzen, oder mit Bastonnaden, oder mit Stahl; ich will eine Verschwörung anzetteln gegen dich, ich will dich mit List überwältigen; ich will dich auf hundertfünfzig verschiedene Arten umbringen; darum zittere und verschwinde!

AUDREY: Tu's, lieber William, tu's!

WILLIAM: Gott erhalte Euch froh und glücklich, Herr.

William ab. Corin tritt auf

CORIN: Unser Herr und unsere Herrin suchen Euch! Kommt, schnell, schnell!

PRÜFSTEIN: Lauf, Audrey, lauf! Ich komm schon, ich komm schon.

Alle ab

2. Szene

Im Wald

Orlando und Oliver treten auf

ORLANDO: Ist's möglich, daß sie dir, obwohl du sie kaum erst kennst, schon so gefällt? Daß du sie kaum gesehen hast und sie schon liebst, kaum daß du sie liebst, schon ihre Hand willst, und kaum daß du ihre Hand willst, sie auch ihr Jawort gibt? Und wirst du dabei bleiben, sie zu heiraten?

OLIVER: Mach dir nichts aus der Überstürztheit, noch aus ihrer Armut, aus der kurzen Bekanntschaft, aus meinem schnellen Heiratsantrag, oder aus ihrem schnellen Jawort, sondern stimme mir bei: »Ich liebe Aliena.« Stimme ihr bei, daß sie mich liebt, stimme beiden bei, daß wir miteinander glücklich sein wollen. Es soll auch zu deinem Besten sein, denn meines Vaters Haus und alle Einkünfte unseres Vaters will ich an dich abtreten und hier als Schäfer leben und sterben.

ORLANDO: Meinen Segen hast du. Laß deine Hochzeit schon morgen sein. Ich will den Herzog dazu einladen und sein ganzes fröhliches Gefolge. Du geh und bereite Aliena vor; denn schau, da kommt meine Rosalinde! *Rosalinde tritt auf*

ROSALINDE: Gott grüß Euch, Bruder!

OLIVER: Und Euch, schöne Schwester! *Oliver ab*

ROSALINDE: Oh, mein lieber Orlando, wie kränkt es mich, zu sehen, daß du dein Herz in einer Schlinge trägst!

ORLANDO: Es ist mein Arm.

ROSALINDE: Ich dachte, dein Herz sei von den Klauen einer Löwin verwundet worden.

ORLANDO: Verwundet ist es, aber von den Augen einer Dame.

ROSALINDE: Hat Euer Bruder Euch gesagt, wie ich Ohnmacht spielte, als er mir Euer Taschentuch zeigte?

ORLANDO: Ja, – und noch größere Wunder als das.

ROSALINDE: Ach? – Ich weiß schon, worauf Ihr hinauswollt! Nein, das ist wahr, so plötzlich ging noch nie etwas zu, außer der Kampf zwischen zwei Widdern, oder Cäsars thrasonisches Prahlen: »Ich kam, sah, siegte.« Denn Euer Bruder und meine Schwester hatten sich kaum getroffen, da machten sie schon Augen; kaum machten sie Augen, waren sie schon verliebt; kaum waren sie verliebt, da seufzten sie; kaum seufzten sie, da fragten sie einander warum; kaum wußten sie warum, da suchten sie schon Wege: und so haben sie sich beide die Stufen zum Traualtar gebaut, die sie ersteigen werden, ohne sich zurückhalten zu können; sonst werden sie sich nicht zurückhalten können, noch vor der Trauung. Die sind in der rechten Liebeswut, sie wollen einfach zueinander; nicht mit Keulenschlägen könnte man sie trennen.

ORLANDO: Sie sollen morgen heiraten, und ich will den Herzog zur Trauung einladen. Doch ach, wie bitter ist es, ins Glück nur durch eines anderen Augen hineinzusehen! Desto schwerer wird morgen mein Herz sein, je glücklicher ich meinen Bruder schätzen werde, weil er das hat, was er sich wünscht.

ROSALINDE: Warum kann dann morgen nicht *ich* Euch statt Rosalinde dienen?

ORLANDO: Ich kann nicht länger nur in Gedanken leben!

ROSALINDE: Dann will ich Euch nicht länger mit leerem Gerede ermüden. Laßt Euch drum von mir sagen, und ich rede jetzt in bestimmter Absicht, daß ich weiß. Ihr seid ein Edelmann von guten Geistesgaben. Ich sage das nicht, um Euch einen guten Eindruck zu machen, indem ich sage, ich weiß, daß Ihr es seid; auch bemüh ich mich nicht, mir so bei Euch größeres Ansehen zu verschaffen, ich will vielmehr, daß Ihr mir glaubt; zu Eurem eignen Nutzen und nicht zu meinem Ruhm. Glaubt mir drum, wenn's Euch beliebt, daß ich

Wunderdinge tun kann. Seit meinem dritten Jahr kannte ich einen guten Magier, der seine Kunst von Grund auf beherrschte und doch nicht zu verurteilen war. Wenn Euch wirklich die Liebe zu Rosalinde so zu Herzen geht, wie Euer Benehmen es laut verkündet, dann sollt Ihr sie heiraten, wenn Euer Bruder Aliena heiratet. Ich weiß, in welche Bedrängnis sie gebracht wurde, und es ist mir nicht unmöglich – wenn es Euch nicht unbequem ist –, sie Euch morgen vor Augen zu führen, leibhaftig, wie sie ist, und ohne alle Gefahr.

ORLANDO: Sprichst du in vollem Ernst?

ROSALINDE: Ich tu's, bei meinem Leben, an dem mir sehr viel liegt, auch wenn ich sage, ich könne zaubern. Drum legt nur Eure besten Kleider an; ladet Eure Freunde ein; denn wenn Ihr morgen heiraten wollt, so sollt Ihr's, und zwar Rosalinde, wenn Ihr sie wollt.

Silvius und Phoebe treten auf

Seht, da kommt eine, die mich liebt, und einer, der sie liebt.

PHOEBE: Es war von Euch sehr unfein, junger Mann,
Den Brief zu zeigen, den ich an Euch schrieb.

ROSALINDE: Dran liegt mir nichts: ich will ja grad dir unfein
Und auch geringschätzig erscheinen. – Dir folgt
Ein treuer Schäfer hier, den sieh dir an!
Lieb ihn, denn er verehrt dich.

PHOEBE: Guter Schäfer,
Sag diesem jungen Mann, was Liebe heißt.

SILVIUS: Nur zu bestehn aus Seufzern und aus Tränen,
Wie ich für Phoebe.

PHOEBE: Und ich für Ganymed.

ORLANDO: Und ich für Rosalinde.

ROSALINDE: Und ich für keine Frau.

SILVIUS: Nur zu bestehn aus Diensteifer und Treue,
Wie ich für Phoebe.

PHOEBE: Und ich für Ganymed.

ORLANDO: Und ich für Rosalinde.

ROSALINDE: Und ich für keine Frau.

SILVIUS: Nur zu bestehn aus Fantasie und Wünschen,
Aus Leidenschaft nur und aus Anbetung,
Aus Pflicht nur und Gehorsam und aus Demut,
Und aus Geduld nur und aus Ungeduld,
Aus Reinheit nur, aus Prüfung und Ergebung,

Wie ich für Phoebe.

PHOEBE: Und ich für Ganymed.

ORLANDO: Und ich für Rosalinde.

ROSALINDE: Und ich für keine Frau.

PHOEBE *(zu Rosalinde)*: Ist's so, was tadelt Ihr dann meine Liebe?

SILVIUS *(zu Phoebe)*: Ist's so, was tadelt Ihr dann meine Liebe?

ORLANDO: Ist's so, was tadelt Ihr dann meine Liebe?

ROSALINDE: Wem sagt Ihr, »Was tadelt Ihr meine Liebe?«

ORLANDO: Der, die nicht da ist und die mich nicht hört.

ROSALINDE: Bitt Euch, nicht mehr davon! Das ist, wie wenn die irischen Wölfe den Mond beheulen, *(zu Silvius)*: Ich will Euch helfen, wenn ich kann. *(zu Phoebe)*: Ich wollt Euch lieben, wenn ich könnt. Doch morgen wollen wir uns alle treffen, *(zu Phoebe)*: Ich will Euch heiraten, wenn ich je ein Weib heirate; und ich werde morgen heiraten, *(zu Orlando)*: Ich will Euch zufriedenstellen, wenn ich je einen Mann zufriedenstellen kann; und Ihr sollt morgen heiraten, *(zu Silvius)*: Ich will Euch glücklich machen, wenn das, was Ihr wollt, Euch glücklich macht, und Ihr sollt morgen heiraten. *(zu Orlando)*: So wahr Ihr Rosalinde liebt, kommt hin! *(zu Silvius)*: So wahr Ihr Phoebe liebt, kommt hin! Und so wahr ich kein Weib liebe, ich komme auch hin.

Nun, macht es gut, – meine Befehle habt Ihr.

SILVIUS : Ich komm bestimmt, wenn ich am Leben bleibe.

PHOEBE: Ich auch.

ORLANDO: Und ich auch. *Alle ab*

3. Szene

Im Wald

Prüfstein und. Audrey treten auf

PRÜFSTEIN: Morgen ist der frohe Tag, Audrey! Morgen heiraten wir.

AUDREY: Ich verlange danach von ganzem Herzen! Und ich hoffe, es ist kein unanständiges Verlangen, wenn man verlangt, eine Frau zu werden wie andere auch. – Da kommen zwei von des verbannten Herzogs Pagen. *Zwei Pagen treten auf*

ERSTER PAGE: Schön, Euch zu sehen, ehrenwerter Herr!

PRÜFSTEIN: Schön, Euch zu sehen! Setzt Euch, setzt Euch, singt was!

Zweiter Page: Gern, Euch zu dienen; setzt Euch in die Mitte.

Erster Page: Solln wir gleich lossingen, ohne uns erst zu räuspern und auszuspucken oder zu sagen, wir sind heiser, was alles die Vorreden einer schlechten Stimme sind?

Zweiter Page: Ja, ja, und beide auf einen Ton, wie zwei Zigeuner auf einem Pferd.

Pagen *(singen)*:

Ein Liebster und sein Mädchen fein,
Mit Heijuchhei, Jucheirassa!
Die gehn ins grüne Horn hinein,
Zur Maienzeit: da ist's zum Freien Zeit,
Wenn Vögel singen: »Dideldei!
Was liebt, das liebt den Mai!«

Und in den Roggen, mittendrin,
Mit Heijuchihei…
Da legt das hübsche Paar sich hin,
Zur Maienzeit…

Sie stimmen an zu zwein das Lied,
Vom Leben, das nur einmal blüht.

Drum nutzt gleich hier und heilt die Zeit,
Denn Lieb krönt nur der Jugend Kleid.

Prüfstein: Wahrhaftig, junge Herren, vielsagend war das Liedchen ja nicht, aber die Weise war doch sehr taktlos.

Erster Page: Ihr täuscht Euch, Herr! Wir haben genau Takt gehalten und nicht ein einziges Mal unsere Zeit verloren.

Prüfstein: Meint ihr! Ich halte es schon für verlorene Zeit, so ein dummes Lied zu hören. Gott steh euch bei und verleih euch bessere Stimmen! – Komm, Audrey! *Alle ab*

4. Szene

Im Wald

Der verbannte Herzog, Amiens, Jaques, Orlando, Oliver und Celia treten auf

HERZOG: Glaubst du, Orlando, daß der Junge wirklich
Das alles kann, was er versprochen hat?
ORLANDO: Zuweilen glaub ich es, zuweilen nicht;
Wie Furcht und Hoffnung, die auch ihre Furcht kennt.

Rosalinde, Silvius und Phoebe treten auf

ROSALINDE: Nur noch Geduld, und nochmals unsem Pakt:
(zum Herzog): Ihr sagt, wenn ich Euch Eure Rosalinde
Bringe, so gebt Ihr sie Orlando hier?
HERZOG: Ja, hätt ich auch ein Reich für sie als Mitgift!
ROSALINDE *(zu Orlando)*: Ihr sagt, wenn ich sie bring, wollt Ihr sie haben?
ORLANDO: Ja, auch wenn ich Herr aller Reiche wär!
ROSALINDE *(zu Phoebe)*: Ihr sagt. Ihr heiratet mich, wenn ich will?
PHOEBE: Ja; müßt ich auch zur selben Stunde sterben!
ROSALINDE *(zu Phoebe)*:
Wenn Ihr Euch aber weigert, mich zu nehmen,
So gebt Ihr Euch hier diesem treuen Schäfer?
PHOEBE: Ja, so ist's abgemacht.
ROSALINDE *(zu Silivius)*:
Ihr sagt, wenn Phoebe will, wollt Ihr sie haben?
SILVIUS: Wär sie zu haben auch mein Tod: ich will's!
ROSALINDE: Und ich versprach, das alles einzurichten. –
Ihr, Herzog, haltet Wort: gebt Eure Tochter!
Ihr Euer Wort, Orlando, sie zu nehmen.
Ihr, Phoebe, haltet Wort, daß Ihr mich nehmt,
Oder, wenn Ihr mich ausschlagt, diesen Schäfer;
Ihr, Silvius, haltet Wort, daß Ihr sie nehmt,
Wenn sie mich ausschlägt; und nun geh ich weg, um
Zu schlichten diesen Wirrwarr. *Rosalinde und Celia ab*
HERZOG:Wenn ich den jungen Schäfer anseh, muß ich
Lebhaft an meiner Tochter Züge denken.
ORLANDO: Mein Fürst, das erste Mal, daß ich ihn sah,
Glaubt ich, er sei ein Bruder Eurer Tochter.
Doch, Herr, er wurde hier im Wald geboren,

Und in den Elementen schwarzer Künste
Hat ihn sein Onkel unterrichtet, den er
Beschreibt als einen großen Magier, der
Im Zauberkreise dieses Waldes lebte.

Prüfstein und Audrey kommen

JAQUES: Es muß sicher eine neue Sintflut bevorstehen, und diese Pärchen gehen in die Arche. Da kommen zwei ganz sonderbare Tiere, die man in allen Sprachen Narren nennt.

PRÜFSTEIN: Salut und Gruß euch allen!

JAQUES: Heißt ihn willkommen, edler Fürst; das ist der Herr mit dem buntscheckigen Geist, den ich so oft im Wald getroffen habe; er war bei Hof, schwört er.

PRÜFSTEIN: Falls irgendwer das nicht glaubt, soll er nur fragen, und ich will mich vor ihm von allen Zweifeln purgieren. Ich habe jeden Tanz vollführt, den Damen hab ich geschmeichelt; zu meinen Freunden war ich falsch, und aalglatt zu meinen Feinden; ich habe drei Schneider zugrundegerichtet; ich habe vier Ehrenhändel gehabt, und einen hätte ich fast wirklich ausgefochten.

JAQUES: Und wie wurde der beigelegt?

PRÜFSTEIN: Gott, wir kamen zusammen und fanden, der Handel habe den siebenten Grad.

JAQUES: Wieso den siebenten Grad? – Bester Fürst, der Mann sollte Euch gefallen!

HERZOG: Er gefällt mir sehr gut.

PRÜFSTEIN: Gott vergelt's Euch, Herr, und erhalt' Euch in dieser Gesinnung! Ich dränge mich hier ein, Herr, unter die anderen Landkinder, die da zu Paaren getrieben werden, zum Zweck der Copulation, um auch meinen Eid oder Meineid zu leisten, soweit die Ehe bindet und Fleisch und Blut sie bricht: Eine arme Jungfrau, Herr; nur ein unscheinbares Ding, Herr; aber ganz mein. Nur eine arme Laune von mir, Herr, das zu nehmen, was sonst keiner will: die reiche Tugend, Herr, wohnt wie ein Geizhals in einem armen Haus, wie die Perle in der häßlichen Auster.

HERZOG: Meiner Treu, er ist wirklich flink und scharf!

PRÜFSTEIN: Wie der Narrenpfeil nun einmal fliegt, Herr, und wie man sich derlei süße Krankheiten zuzieht.

JAQUES: Ja, aber der siebente Grad! – Wie habt Ihr herausgefunden, daß Euer Handel den siebenten Grad hatte?

PRÜFSTEIN: Auf Grund einer siebenmal zurückgeschobenen Lüge ... Halt dich doch schön gerade, Audrey! – Nämlich folgendermaßen, Herr: Mir mißfiel der Schnitt des Bartes eines gewissen Hofmanns. Er ließ mir sagen, wenn ich fände, sein Bart sei nicht gut geschnitten, so fände er das Gegenteil. Das nennt man »die höfliche Antwort«. Als ich ihm wieder sagen ließ, er sei nicht gut geschnitten, ließ er mir natürlich sagen, er könne ihn schneiden, wie es ihm gefalle. Das nennt man »den feinen Stich«. Sagte ich nochmals, er sei nicht gut geschnitten, so stellte er meine Urteilskraft in Abrede. Das nennt man »die gröbliche Antwort«. Sagte ich abermals, nicht gut geschnitten, so mußte er antworten, ich sage die Unwahrheit. Das nennt man »die beherzte Abfertigung«. Nochmals, er sei nicht gut geschnitten, das erforderte seine Entgegnung, daß ich lüge. Das nennt man »den trotzigen Widerspruch«. Und so geht's weiter zur »umschriebenen Lüge« und zur »offenbaren Lüge«.

JAQUES: Und wie oft sagtet Ihr, sein Bart sei nicht gut geschnitten?

PRÜFSTEIN: Ich wagte nicht weiter zu gehen als bis zur »umschriebenen Lüge«, noch wagte er mir die »offenbare Lüge« zuzuschieben, also maßen wir unsere Degen und gingen wieder.

JAQUES: Könnt Ihr nun der Reihe nach die Grade der Lüge aufzählen?

PRÜFSTEIN: O, Herr, wir tragen unsere Händel fein säuberlich wie gedruckt aus, nach dem Buch; wie's ja auch Bücher für feines Betragen gibt. Ich will Euch die Grade nennen: Erstens, die höfliche Antwort; zweitens, der feine Stich; drittens, die gröbliche Antwort; viertens, die beherzte Abfertigung; fünftens, der trotzige Widerspruch; sechstens, die umschriebene Lüge; siebentens, die offenbare Lüge. Bei all diesen könnt Ihr noch ausweichen, außer bei der »offenbaren Lüge«, und sogar auch noch bei der, nämlich mit einem »Wenn«. Ich habe einen Fall gekannt, daß sieben Richter einen Streit nicht beilegen konnten, aber als die Parteien selber zusammenkamen, da fiel dem einen einfach nur ein »Wenn« ein, von der Art: »Wenn Ihr *das* sagt, dann sage ich *das*«, und sie schüttelten sich die Hände und schlossen Brüderschaft. Ja, das »Wenn«, das ist der wahre Friedensstifter; das hat viel Kraft zum Guten, so ein »Wenn«.

JAQUES: Ist das nicht ein seltener Kerl, mein Fürst? So gut versteht er sich auf alles, und ist doch ein Narr!

HERZOG: Er benutzt seine Narrheit als ein Trojanisches Pferd, das ihn in die Lage bringt, seine Geisteswaffen zu gebrauchen.

Hymen kommt mit Rosalinde und Celia
Feierliche Musik

HYMEN: Es freuet sich der Himmel,
Wenn irdisches Getümmel
In Eintracht schließt und Glück:
(zum Herzog): Nimm deine Tochter, Vater!
Hymen – vom Himmel naht er –
Bringt sie dir hier zurück.
Gib ihre Hand in dessen Hand,
Dem Herz zu Herz sie sich verband!

ROSALINDE *(zum Herzog)*:
Ich gebe mich jetzt Euch, denn Euch gehör ich.
(zu Orlando): Ich gebe mich jetzt Euch, denn Euch gehör ich.

HERZOG: Wenn ich recht sehe, bist du meine Tochter!

ORLANDO: Wenn ich recht sehe – meine Rosalinde!

PHOEBE: Wenn's wahr ist, was ich seh,
Dann – meine Lieb', Ade!

ROSALINDE *(zum Herzog)*: Ich will zum Vater keinen, außer ihn!
(dann zu Orlando): Ich will zum Manne keinen, außer ihn!
(dann zu Phoebe): Ich will zum Weibe keine, außer sie!

HYMEN: Still nun! – Diesen Wirrwarr end ich,
Und zum guten Ende wend ich,
Was sich selten hat gefügt.
Hymen muß acht Hände binden,
Die sich hier zusammenfinden,
Wenn die Wahrheit selbst nicht lügt:
(zu Orlando und Rosalinde): Euch und Euch trenn' nie ein Schmerz!
(zu Oliver und Celia): Euch und Euch halt' Herz an Herz!
(zu Phoebe und Silvius): Ihr müßt Euch mit ihm bequemen –
Sonst ein Weib zum Manne nehmen!
(zu Prüfstein und Audrey): Ihr und Ihr paßt gut zur Eh,
Wie zum Winter Frost und Schnee. –
Während wir zur Hochzeit singen,
Fragt euch satt nach vielen Dingen,
Bis keiner mehr sich wundern muß,
Wie wir uns trafen hier zum Schluß.
(singt): Juno krönt den Ehestand!
Tisch und Bett im Segensbund!

Der bevölkert Stadt und Land:
Ja, wir ehren ihn zur Stund!
Segen, Ehre, höchsten Ruhm
Zollt dem Gott des Ehstands drum!

HERZOG *(zu Celia)*: Du, liebe Nichte, sei willkommen mir
Nicht weniger als meine Tochter hier!

PHOEBE *(zu Silvius)*: Ich will mein Wort nicht brechen: du bist mein!
So treu wie du soll meine Liebe sein. *Jaques de Bois kommt*

JAQUES DE BOIS: Schenkt mir Gehör für ein, zwei Worte nur!
Ich bin Herrn Roland de Bois' zweiter Sohn
Und bring dem edlen Kreis hier diese Nachricht:
Als Herzog Frederic hörte, wie tagtäglich
Männer von Ansehn in den Wald hier kommen,
Zog er heran mit starker Heeresmacht
Um seinen Bruder hier zu fangen und
Ihn mit des Schwertes Schärfe zu vernichten.
Doch hier, am Rande dieses wilden Waldes,
Trat ihm ein alter Einsiedler entgegen,
Der ihn nach einigem Gespräch bekehrt hat,
Daß er dem Kriegsplan und der Welt entsagte.
Er läßt die Krone dem vertriebenen Bruder,
Und den mit ihm Verbannten gibt er wieder
Ihr Hab und Gut. – Dafür, daß all das wahr ist,
Bürgt Euch mein Leben.

HERZOG: Junger Mann, willkommen!
Zu deiner Brüder Hochzeit bringst du Mitgift:
Dem einen eingezogenes Land, dem andern
Das ganze Land, Herrschaft des Herzogtums. –
Erst laßt im Wald hier uns zu Ende bringen,
Was schön hier anfing und schön Früchte trägt,
Und dann soll jeder dieses frohen Kreises,
Der harte Tage und Nächte mit uns teilte,
Unser erneutes Glück auch mit uns teilen,
Jeder nach seinem Rang. Jedoch einstweilen
Vergeßt den neu uns zugefallnen Glanz
Mit uns bei Fest und ländlich frohem Tanz!
Spielt auf! Musik! – Ihr Bräutigame, Bräute!
Der Tanzschritt halt' nun Schritt mit dieser Freude!

Jaques: Verzeiht, Herr, hörte ich Euch recht, so wählt nun
Der Herzog Frederic sich ein mönchisch Leben
Und hat dem Hof und seinem Prunk entsagt?
Jaques de Bois: So ist's.
Jaques: Ich will zu ihm. – Von diesen Neubekehrten
Ist ziemlich viel zu hören und zu lernen.
(zum Herzog): Euch, Herr, vermach ich Eurer früheren Würde,
Die Ihr verdient habt durch Geduld und Haltung.
(zu Orlando): Euch Eurer Braut, die Euer Liebe wert ist.
(zu Oliver): Euch Eurem Gut, der Braut, den mächtigen Freunden!
(zu Silvius): Euch einem lang schon wohlverdienten Bett!
(zu Prüfstein und Audrey):
Und euch dem Zank! Denn eurer Liebe Schiff hat
Zwei Monat nur Proviant! – Doch freut euch nun!
Für mich gibts anderes als Tanz zu tun.
Herzog: Bleibt, Jaques, bleibt da!
Jaques: Zu Festen, ich? – Nein, Herr. Habt Ihr Befehle,
Erreicht man mich in Eurer alten Höhle. *Ab*
Herzog: Nun auf, zum Fest, zum Fest mit frohen Sinnen! *Tanz*
Gut, wie es enden soll, solls nun beginnen!

Epilog

Rosalinde : Die Dame als Epilog, das ist nicht Mode, aber auch nicht weniger schön als der Herr als Prolog. Wenn es wahr ist, daß man für einen guten Wein gar keinen Kranz übers Wirthaustor hängen muß, dann ist es auch wahr, daß ein gutes Stück keinen Epilog braucht. Und doch hängen sie für gute Weine auch gute Kränze aus, und gute Stücke machen sich mit einem guten Epilog noch besser ... In welcher Lage bin dann ich, die weder ein guter Epilog ist, noch für ein gutes Stück ein Wort bei euch einlegen kann? Ich bin nicht als Bettler gekleidet, also würde es mich auch nicht kleiden, zu betteln. Nein, mein Mittel ist, euch zu beschwören; und ich will mit den Frauen anfangen: Ich sage euch, ihr Frauen, bei eurer Liebe zu den Männern, ihr sollt euch dieses Stück so weit gefallen lassen, wie es euch gefällt! Und ich sage euch Männern, bei eurer Liebe zu den Frauen – und ich seh's an eurem Grinsen, keiner von euch haßt sie! –, das Stück soll euch den Gefallen tun, so wie es euch gefällt, auch euch und eure Frauen aneinander Gefallen finden zu lassen. Nun, wenn ich wirklich das Mädchen Rosalinde wäre, dann wollte ich einen jeden von euch küssen, an dessen Bart ich Gefallen fände, dessen Gesicht mir zusagte und dessen Atem mich nicht abstieße. Und ich bin sicher, daß alle, die Bärte haben, die mir gefallen würden, und Gesichter, die mir zusagten, und einen Atem, der mich nicht abstieße, mir für mein liebevolles Angebot nun, wenn ich meinen Knicks mache, zum Abschied wohlgefällig Beifall klatschen werden.

ENDE

Verlorene Liebesmühe

Personen

Der König von Navarra
Biron
Longaville
Dumain
Die Prinzessin von Frankreich
Rosaline
Maria
Katharine
Boyet
Don Adriano de Armado
Motte, Armados Page
Schädel, Schäfer
Jaquenetta, Landmädchen
Nathaniel, Dorfpfarrer
Holofernes, Schulmeister
Dumm, Polizist
Mercade

Erster Akt

1. Szene

Navarra, Park vor dem königlichen Schloß
Ferdinand, König von Navarra, Biron, Longaville
Dumaine treten auf

König: Mag Ruhm, dem alle nachjagen im Leben,
Erhöhn uns, wenn wir fallen tief ins Grab!
Dann mag uns, der gefräßigen Zeit zum Trotz,
Das Streben unsres heutigen Atems jene
Ehre erkaufen, die die scharfe Sense
Des Chronos stumpf macht und die uns zu Erben
Der ganzen Ewigkeit macht. – Drum, ihr Sieger,
Ihr tapfern, denn das seid ihr, die ihr Krieg führt
Mit euren eignen Schwächen und dem Heer,
Dem riesigen, der Triebe dieser Welt –
Unser Erlaß bleibt aufrecht und in Kraft:
Navarra soll das Wunder unsrer Welt sein
Und unser Hof 'ne kleine Akademie,
Still und beschaulich in der Kunst des Lebens.
Ihr drei, Biron, Dumain und Longaville,
Ihr habt gelobt, drei Jahr' mit mir zu leben
Als Mitstudenten und hier die Dekrete
Zu halten, die da aufgezeichnet sind;
Ihr spracht den Eid; nun setzt die Namen drunter,
Daß, wer den kleinsten Teil davon verletzt,
Mit eigner Hand die eigne Ehre schlage.
Seid ihr zur Tat wie zu dem Eid bereit,
So unterschreibt und haltet euren Eid.
Longaville: Ich will's. Das heißt ja nur drei Jahre fasten.
Der Geist soll schwelgen, wenn der Leib auch darbt.
Ein Fettbauch hat ein magres Hirn; viel Töpfe
Heißt fette Rippen, doch bankrotte Köpfe.
Dumain: Mein Fürst, Dumain ist schon der Welt erstorben:
Die gröbern Freuden dieser Welt, die wirft er
Den niedren Knechten dieser groben Welt hin:
Lieb', Reichtum, Prunk – tot bin ich jetzt für die,

Leb nur mit Euch in der Philosophie.
BIRON: Ich kann nur ihre Gelübde wiederholen,
Und all das, teurer Lehnsherr, schwor ich schon;
Nämlich, drei Jahr den Studien hier zu leben.
Aber da gibt's noch andere strenge Regeln,
Wie: während dieser Zeit kein Weib zu sehen,
Was hoff ich sehr, hier nicht geschrieben steht;
Und einmal in der Woche nichts zu essen,
Und außerdem täglich nur eine Mahlzeit,
Was, hoffe ich, hier nicht geschrieben steht;
Und dann, nur drei Stunden zu schlafen nachts
Und tagsüber kein Auge zuzumachen,
Wo ich nachts immer harmlos schlief und gern auch
Den halben Tag zur dunklen Nacht noch machte,
Was hoff ich sehr, hier nicht geschrieben steht.
O, das ist unfruchtbar, zu schwer zu tun:
Studier'n, nicht Damen sehn, nicht essen und nicht ruhn!
KÖNIG: Doch Euer Schwur war, allem abzuschwören.
BIRON: Nein, mit Verlaub, mein Lehnsherr, wollt mich hören:
Ich schwor nur, mit Eu'r Gnaden zu studieren
Und hier an Eurem Hof drei Jahr zu residieren.
LONGAVILLE: Biron, Ihr schwort auch das, das volle Maß!
BIRON: Ja ja, nein nein, Herr! Dann schwor ich im Spaß.
Was ist der Studien Ziel? Wollt Ihr mir's nennen?
KÖNIG: Nun: Wissen, was wir sonst nicht wissen können.
BIRON: Ihr meint, was sich verbirgt gemeinem Sinn?
KÖNIG: Das ist des Studiums gottgleicher Gewinn.
BIRON: Nun gut, ich schwör: So streb ich danach scharf,
Zu wissen, was ich gar nicht wissen darf.
Etwa studier ich, wo ich sehr gut speise,
Wenn mir ein Festmahl streng verboten ist,
Und wo ich schönen Frauen Gunst erweise,
Wozu gemeiner Sinn sich nie vermißt,
Und wie man, wenn ein Schwur zu schwer uns fällt,
Ihn brechen kann, so daß man ihn doch hält.
Ist dies des Studiums Ziel und sein Gewinn,
Dann findet es bisher verborgnen Sinn.
Drauf schwör ich gern, denn dazu streb ich hin.

König: Doch das grad hindert jeden, der studiert,
Indem's den Geist zu eitler Lust verführt.
Biron: Ach, jede Lust ist eitel, doch zumal
Das, was durch Qual sonst nichts erkauft als Qual;
Etwa, wer qualvoll sucht das Licht der Wahrheit
In einem Buch, bis Wahrheit ihm gebricht
Und tückisch blendet seines Auges Klarheit:
Licht, das nach Licht sucht, stiehlt dem Licht sein Licht.
Drum, eh ihr findet, wo Licht im Dunkel liegt,
Wird euer Augenlicht vom Dunkel selbst besiegt.
Studiert mir nur, wie sich das Aug erquickt,
Indem es sich zu schönren Augen wendet,
So blendend, daß das Aug, das sie erblickt,
Von ihnen Licht empfängt, die es geblendet.
Dies Studium ist der hellen Sonne gleich,
Die nicht durchbohrt sein will von frechen Blicken.
Der Bücherwurm gewinnt kein Himmelreich,
Nur schlechten Rat, den andrer Bücher schicken.
Die irdischen Taufpaten der Himmelspracht,
Die jedem Fixstern einen Namen geben,
Haben nicht mehr Genuß von ihrer strahlenden Nacht,
Als dies nicht wissen, sondern nur erleben.
Wer zuviel kennt, kennt nur des Ruhmes Schein.
Namen kann jeder Taufpate verleihn!
König: Erlesene Argumente gegen's Lesen!
Dumain: Und wie gelehrt er spricht gegen das Lernen! –
Er jätet Korn, kein Unkraut zu entfernen!
Biron: »Im Frühling treiben junge Gänse ihr Wesen!«
Dumain: Wie paßt das her?
Biron: Genau, nach Zeit und Ort.
Dumain: Dem Sinn nach nicht!
Biron: Dann reimt's doch nach dem Wort.
König: Biron ist wie ein böser Frost, der beißt
Des Frühlings Erstlinge, sie umzubringen.
Biron: Nun gut, dann sagt, wozu der Sommer gleißt,
Eh noch die Vögel Grund haben zu singen?
Was soll ich jede Frühgeburt gleich rühmen?
Ich wünsch mir Rosen nicht zur Weihnachtszeit,

Noch Schnee im Mai auf sein frischgrünes Kleid,
Nein alles, was zu seiner Zeit gedeiht.
Doch euer Lerneifer kommt viel zu spät,
Wie der, der über's Dach zur engen Pforte geht.

König: Gut, geh nach Haus, Biron! und Gott mit dir!

Biron: Nein, lieber Herr! ich schwor ja, ich bleib hier.
Und sagte ich auch mehr für Barbarei,
Als Ihr's für jenen Engel »Wissen« könnt,
Halt ich getrost doch meinen Schwur dabei
Und tu die drei Jahr' Buße bis zum End.
Gebt mir das Blatt; zeigt, was geschrieben steht.
Ich unterschreib das härteste Dekret.

König: Gut, daß Ihr nachgebt und der Schande entgeht!

Biron: »Item: Daß kein Frauenzimmer meinem Hof auf eine Meile nahekommen soll.« –
Ist das bekanntgegeben worden?

Longaville: Vor vier Tagen.

Biron: Sehen wir, was die Strafe ist: »Bei Strafe des Verlustes ihrer Zunge«. – Wer hat diese Strafe ausgedacht?

Longaville: Das war ich.

Biron: Liebenswürdiger Herr, warum denn?

Longaville: Sie zu verscheuchen, wenn so Arges droht!

Biron: Ein sehr gefährliches Artigkeitsverbot!
»Item: Wenn ein Mannsbild gesehen wird, wie er binnen der nächsten drei Jahre mit einem Weib spricht, so soll er solche öffentliche Schande erleiden, wie der übrige Hof sie nur ersinnen mag.«
(zum König): Herr, den Artikel müßt ihr selber brechen,
Denn Frankreichs König schickt Euch, wie Ihr wißt,
Als Botschafterin, um mit Euch zu sprechen,
Seine Tochter, die so schön wie edel ist,
Denn ihr sollt Aquitanien übergeben
An ihren kranken Bettgreis von Papa. –
Drum könnt ihr nicht nach dieser Vorschrift leben,
Sonst käm umsonst die schöne Dame ja.

König: Ihr Herrn, was sagt ihr? – Daß uns das entfiel!

Biron: So schießt das Studium immer über's Ziel! –
Indem's studiert, zu haben, was es wollte,
Vergißt es, das zu tun, was es doch sollte.

Und kriegt es, was es will, ist's ein Gewinn
Wie eine Stadt in Brand: erstürmt, doch gleich dahin.
KÖNIG: Zu streichen dies Dekret zwingt uns Vernunft:
Sie braucht ja notwendig hier Unterkunft!
BIRON: Notwendigkeit wird alle Eide brechen
Dreitausendmal, eh die drei Jahr vorbei.
Von angebornen Neigungen und Schwächen
Macht nicht Gewalt uns, sondern Gnade frei.
Ich brech den Eid nur aus Notwendigkeit,
Drum unterschreibt hier alles meine Hand,
Und wer davon durch Eidbruch sich befreit,
Ja, der verfällt dadurch der ewigen Schand'. –
Auch mir sind die Versuchungen nicht weit,
Doch glaub ich, scheint mir auch die Sache leid,
Ich halt einst noch als letzter diesen Eid. –
Wird uns jetzt keine Abwechslung gewährt?
KÖNIG: Ja, doch. Wißt Ihr, an unserm Hof verkehrt
Ein Mann von Welt, ein Spanier, ein Exempel
Der neusten Mode, die er alle lehrt.
Sein Geist prägt modische Phrasen wie ein Stempel.
Ein Weltmann, den der Klang der eignen eitlen Zunge
Hinreißt wie zauberhafte Harmonie. –
Für Unrecht oder Recht stets auf dem Sprunge
Als Schiedsrichter: Parteiisch ist er nie.
Armado heißt dies Kind der Phantasie,
Er soll zur Rast von unsren Studien melden
In hohen Worten uns von manchem Helden
Des sonnverbrennten Spanien, den wir nie
Sonst kennten. Nun ihr Herrn, macht's euch Vergnügen?
Ich weiß nicht, doch ich hör ihn gerne lügen.
Zum Schlag der Laute mag er mich betrügen!
BIRON: Armado ist ein vortrefflicher Mann,
Ein Moderitter, der schön neu reden kann.
Bleiben nur er und Schädel uns gewogen,
Dann sind drei Studienjahre bald verflogen.
Schädel tritt auf, und Dumm mit einem Brief
DUMM: Welches ist des Herzogs eigene Person?
BIRON: Der Herr da, Kerl. Was willst du?

DUMM: Ich selbst repressiere seine eigne Person, denn ich bin Seiner Gnaden Politizist. Aber ich möchte seine eigne Person sehen, fleischlich und blutig!

BIRON: Da steht er.

DUMM: Signor Arm- Arm- bietet sich Euch zum Gruß dar. Es ist ein Schurkenstreich im Gang: dieser Brief wird Euch mehr davon sagen.

Schädel: Herr, zur gefälligen Verachtung; der Inhalt desselben berührt auch mich.

KÖNIG: Ein Brief vom glorreichen Armado!

BIRON: Wie niedrig auch der Gegenstand, so hoff ich doch bei Gott auf große Worte!

LONGAVILLE: Eine hohe Hoffnung auf einen niedrighängenden Himmel! Gott gebe uns Geduld!

BIRON: Zum Anhören? Oder zum Verzicht auf das Hören?

LONGAVILLE: Zu bescheidenem Anhören, und zu maßvollem Lachen, oder zum Verzicht auf beides.

BIRON: So mag unsere Lustigkeit so hoch springen, Herr, wie seine Worte tönen!

SCHÄDEL: Der Inhalt betrifft mich, Herr, nämlich betreffend Jaquenetta. Die Form betrifft auch mich, denn ich wurde in aller Form mit ihr betroffen.

BIRON: In welcher Form?

SCHÄDEL: In einer Form, die folgenden Inhalt betrifft, Herr: Ich wurde mit ihr im Herrenhaus gesehen, wie ich förmlich bei ihr saß, und dann wurde ich betroffen, wie ich ihr in den Park folgte, was zusammen Form und Inhalt ergibt. Was nun den Inhalt betrifft, Herr, so ist es ein Inhalt des Lebens, daß ein Mann zu einem Weibe spricht; und was die Form betrifft, daß er es in irgendeiner Form tut.

BIRON: Und die Folgen, Herr?

SCHÄDEL: Meine Bestrafung wird ja prompt folgen und es erweisen; Gott schütze das Recht!

KÖNIG: Wollt Ihr diesen Brief aufmerksam hören?

BIRON: Wie wir ein Orakel hören würden!

SCHÄDEL: Das ist so die Einfalt des Mannes, dem Fleische nachzustreben.

KÖNIG *(liest)*: »Großer Verweser, Viceregent des Himmelszeltes und Alleinherrscher von Navarra, Erdengott meiner Seele, und meines Leibes Pflegevater!«

SCHÄDEL: Noch nicht ein Wort von Schädel.
KÖNIG *(liest)*: »So ist es…«
SCHÄDEL: Vielleicht ist es so, aber wenn er sagt, es ist so, dann ist er, was die Wahrheit betrifft, nur so so…
KÖNIG: Gebt Frieden!
SCHÄDEL: Mir und jedem Manne, der nicht zu kämpfen wagt!
KÖNIG: Kein Wort mehr!
SCHÄDEL: Von anderer Männer Geheimnissen! Da bitt ich drum!
KÖNIG *(liest)*: »So ist es: Belagert von rabenfarbiger Melancholie verordnete ich der schwarzen, bedrückenden Schwermut die höchst heilsame Arznei deiner gesundheitspendenden Luft und unternahm, so wahr ich ein Edelmann bin, einen Spaziergang. Wann wohl? Um die sechste Stunde, da das Vieh am meisten grast, die Vögel am besten pecken und die Menschen sich zu jener Nahrung setzen, welche Abendbrot genannt wird. Soviel, was die Zeit betrifft. Nun von dem Grund; – ich meine den Grund, auf den ich mich stütze; den Grund und Boden also, welcher dein Park heißt, auf dem ich dahinging. Sodann der Ort, wo… Wo? Um es kurz zu sagen, wo ich jenen obszönen und durchaus aus der Art geschlagenen Vorgang antraf, welcher meiner schneeweißen Feder die ebenholzschwarze Tinte entlockt, welche Du hier schwarz auf weiß vor Dir hast und überblickst, beziehungsweise siehst. Doch was den Ort, wo betrifft, so steht er im Nordnordost bei Ost von der westlichen Ecke Deines kunstreich verschlungenen Gartens. Dort: sah ich jenen Töpel von niedrigem Geist, jenen gemeinen schmierigen Finken deiner Lustbarkeiten…«
SCHÄDEL: Mich.
KÖNIG *(liest)*: »… jenen unbelesenen, kenntnisarmen Geist…«
SCHÄDEL: Mich.
KÖNIG *(liest)*: »… jenen seichten Vasallen…«
SCHÄDEL: Immer noch mich?
KÖNIG *(liest)*: »… der, wenn ich mich recht entsinne, Schädel heißt…«
SCHÄDEL: O! Mich!
KÖNIG *(liest)*: »… gesellt und in Gesellschaft, entgegen Deinem festgesetzten und öffentlich verkündeten Dekret und Deiner Enthaltsamkeitsverordnung, mit… ach! mit… ach, es kränkt mich zu sagen, womit…«
SCHÄDEL: Mit einem Mädel.

KÖNIG *(liest)*: »… mit einer Tochter unserer Großmutter Eva, einem Weibwesen, oder zu deinem besseren Verständnis, einem Frauenzimmer. Ihn habe ich, wie meine mir stets allerwerteste Pflicht mir gebietet, zu Dir geschickt, daß er den Lohn seiner Strafe empfange, und zwar durch Deiner freundlichen Gnaden Beamten, Antonius Dumm, einen Mann von gutem Ruf, Verhalten, Betragen und Ansehen.«

DUMM: Mich, mit Verlaub! Ich bin Antonius Dumm!

KÖNIG *(liest)*: »Was Jaquenetta betrifft – so heißt jenes schwächere Gefäß –, die ich mit obenbesagtem Viehhirten betraf, so behalte ich sie hier als ein Gefäß des Grimmes Deiner Dekrete und werde sie auf den geringsten Deiner gütigen Winke hin vor Gericht bringen.
Dein, mit allen Komplimenten einer ergebenen und mein Herz verbrennenden Inbrunst der Pflichterfüllung, Don Adriano de Armado«

BIRON: Das ist nicht so gut, wie ich hoffte, aber immer noch das beste, was ich je gehört habe!

KÖNIG: Ja, das beste, weil es das schlechteste ist. Aber Ihr, Freund, was sagt Ihr dazu?

SCHÄDEL: Herr, ich gesteh das Mädel.

KÖNIG: Habt Ihr die Bekanntmachung gehört?

SCHÄDEL: Ich gestehe, ich hab viel davon gehört, aber mir wenig davon gemerkt.

KÖNIG: Es wurde bekanntgemacht: Ein Jahr Gefängnis, wer mit einem Mädchen betroffen wird.

SCHÄDEL: Ich wurde mit keinem Mädchen betroffen, Herr: Ich wurde mit einer Mamsell betroffen.

KÖNIG: Nun ja, Mamsell wurde auch bekanntgemacht.

SCHÄDEL: Das war aber auch keine Mamsell, das war eine Jungfrau.

KÖNIG: Auch das war vorgesehen, denn sie wurde auch als Jungfrau bekanntgemacht.

SCHÄDEL: Wenn's so ist, leugne ich ihre Jungfernschaft: Ich wurde mit einer Magd betroffen.

KÖNIG: Diese Magd wird Euch nicht sehr dienlich sein, Herr.

SCHÄDEL: Diese Magd wird mir dienlich sein, Herr.

KÖNIG: Herr, ich will Euch das Urteil sprechen: Ihr sollt eine Woche lang fasten, bei Wasser und Brot.

SCHÄDEL: Lieber möcht ich einen Monat lang meine Andacht bei geistigen Getränken und fleischlicher Kost verrichten.

KÖNIG: Und Don Armado soll dein Wächter sein.
Sorgt, Herr Biron, dafür, daß man ihn hinbringt.
Und wir, Herrn, was wir feierlich gelobt,
Das durchzuführen, daran laßt uns gehen!

König, Longaville, Dumaine ab

BIRON: Mein Kopf gegen 'nen Hut, daß sich's erprobt:
Solche Dekrete können nie bestehen. –
Kommt Mann!

SCHÄDEL: Ich leide für die Wahrheit, Herr, denn es ist wahr, daß ich mit Jaquenetta betroffen wurde, und Jaquenetta ist ein wahres Mädel! Und darum willkommen, du saurer Kelch der Prosperität! Eines Tages wird mir wohl der Schicksalsschlag wieder lächeln; und bis dahin setz dich nur her, Kummer! *Beide ab*

2. Szene

Armado und Motte treten auf

ARMADO: Junge, was zeigt das an, wenn ein Mann von großem Geiste melancholisch wird?

MOTTE: Das ist ein gewichtiges Anzeichen, Herr, daß er traurig aussehen wird.

ARMADO: Was? Trauer ist doch ein und dasselbe, liebes Teufelchen!

MOTTE: Nein, nein! O Gott, Herr, nein!

ARMADO: Wie kannst du Traurigkeit und Melancholie trennen, mein zarter Juvenal?

MOTTE: Durch eine verständliche Darlegung ihrer Wirkungen, mein zäher Signor.

ARMADO: Warum zäher Signor? Warum zäher Signor?

MOTTE: Warum zarter Juvenal? Warum zarter Juvenal?

ARMADO: Ich sagte das, zarter Juvenal, als kongruentes Epitheton, in bezug auf deine jungen Tage, die wir wohl zart nennen dürfen.

MOTTE: Und ich, zäher Signor, als treffende Bezeichnung für Euer Alter, das wir wohl zäh nennen dürfen.

ARMADO: Hübsch und geschickt!

MOTTE: Wie meint Ihr das, Herr? Ich hübsch, und meine Worte geschickt? Oder ich geschickt, und meine Worte hübsch?

ARMADO: Du hübsch, weil klein.

MOTTE: Kleinwenig hübsch, weil klein. Warum geschickt?

ARMADO: Und darum geschickt, weil flink.
MOTTE: Sagt Ihr das zu meinem Lob, Herr?
ARMADO: Zu deinem verdienten Lob.
MOTTE: Ich will einen Aal genauso loben!
ARMADO: Was? Daß ein Aal einfallsreich ist?
MOTTE: Daß ein Aal flink ist.
ARMADO: Wirklich, du bist flink im Antworten? Du erhitzt mein Blut.
MOTTE: Damit habt Ihr mir geantwortet.
ARMADO: Ich liebe es nicht, wenn man mir alles mit gleicher Münze heimzahlt.
MOTTE *(beiseite)*: Umgekehrt: die Münzen lieben ihn nicht!
ARMADO: Ich hab versprochen, drei Jahre mit dem König zu studieren.
MOTTE: Das könnt Ihr in einer Stunde tun, Herr.
ARMADO: Unmöglich!
MOTTE: Wieviel ist dreimal eins?
ARMADO: Ich bin ein schlechter Rechner; derlei ziemt sich für den Geist eines Bierzapfers.
MOTTE: Aber Ihr seid ein Edelmann und ein Spieler, Herr?
ARMADO: Ich gestehe beides, denn beides gehört zum letzten Schliff eines vollkommenen Herren.
MOTTE: Dann wißt Ihr sicher, was die Summe von Daus und As ist?
ARMADO: Sie beläuft sich auf eins mehr als zwei.
MOTTE: Was der niedrige Pöbel drei nennt.
ARMADO: Sehr wahr.
MOTTE: Nun, Herr, braucht's dazu soviel Studierens? – Seht Ihr: *drei* ließ sich studieren, eh Ihr dreimal mit den Augen zwinkern konntet. Und wie leicht es ist, zum Wort drei noch Jahre hinzuzufügen und drei Jahre in zwei Worten zu studieren, das wird jedes Zirkuspferd erzählen!
ARMADO: Ein wunderbares Zahlenspiel!
MOTTE *(halblaut)*: Zu zeigen, daß Ihr eine Null seid!
ARMADO: Hierauf will ich nun gestehen, ich bin verliebt. Und da es für einen Krieger von Stand gemein ist, zu lieben, so liebe ich ein Mädchen von gemeinem Stand. Wenn ich mich von diesem verwerflichen Gedanken befreien könnte, indem ich mein Schwert gegen den Ansturm der Leidenschaft zöge, so würde ich das Verlangen gefangennehmen und es von einem jeden französischen Höfling für eine neuersonnene Artigkeit auslösen lassen. Ich finde

es verächtlich zu seufzen. Ich denke, ich müßte Eros abschwören. Tröste mich, Junge! Welche großen Männer sind schon verliebt gewesen?

MOTTE: Herkules, mein Herr.

ARMADO: O süßer Herzensbruder Herkules! Noch mehr große Namen, Junge! Nenne noch mehr, und, mein liebes Kind, laß sie Männer von gutem Ruf und guter Haltung sein!

MOTTE: Simson, mein Herr: Er war ein Mann von guter Haltung! Von großartiger Haltung, denn er trug die Stadttore auf dem Rücken davon wie ein Lastträger; und er war verliebt.

ARMADO: O Simson mit dem schönen Wuchs! Simson mit den starken Gliedern! Ich übertreffe dich mit meinem Rapier geradeso, wie du mich mit deinem Tragen der Stadttore übertroffen hast. Ich bin auch verliebt. Wer war Simsons Geliebte, mein teurer Motte?

MOTTE: Ein Weibsbild, Herr.

ARMADO: Von welcher Komplexion?

MOTTE: Von allen vieren, oder von dreien, oder von zweien, oder von einer von den vieren.

ARMADO: Sag mir genau, von welcher Komplexion?

MOTTE: Von der meerwassergrünen, Herr.

ARMADO: Ist das eine der vier Komplexionen?

MOTTE: Soviel ich las, Herr, ja, sogar die beste.

ARMADO: Grün ist in der Tat die Farbe der Liebenden! Aber eine Geliebte von dieser Farbe zu haben, dazu hatte Simson, glaube ich, wenig Grund. Er hat sie sicher wegen ihres Geistes geliebt.

MOTTE: Ja, Herr, denn sie hatte 'nen grünen Geist.

ARMADO: Meine Geliebte ist höchst unbefleckt weiß und rot.

MOTTE: Unter solchen Farben, Herr und Gebieter, maskieren sich höchst befleckte Gedanken.

ARMADO: Erkläre dich, erkläre dich, wohlerzogenes Kind!

MOTTE: Meines Vaters Geist und meiner Mutter Zunge mögen mir beistehen!

ARMADO: Süßes Gebet eines Kindes! Sehr artig und rührend!

MOTTE: Ein gefährlicher Reim, Herr und Gebieter, gegen den Grund der weißen und roten Grundierung!
Und wenn sie weiß und rot erblüht,
Verbirgt die Schuld die Zeichen,
Da oft vor Schuld die Wange glüht,

Und kann vor Furcht erbleichen.
Ob Angst, ob Schuld den Ausdruck prägt,
Kannst du so nicht entscheiden,
Weil sie doch auf der Wange trägt
Den schönen Hauch von beiden!

ARMADO: Gibt es nicht eine Ballade, Junge, vom König und vom Bettelweib?

MOTTE: Die Welt hat sich so eine Ballade sehr zuschulden kommen lassen, vor etwa drei Menschenaltern. Aber jetzt ist sie, glaub ich, nicht mehr aufzutreiben. Oder, wenn ja, so würden weder die Worte noch die Melodie mehr was taugen,

ARMADO: Aber ich will dieses Thema neu bearbeiten lassen, damit ich meine Abschweifungen mit dem Vorbilde irgendeines erhabenen Vorgängers besticken kann. Junge, ich liebe das Landmädchen, das ich im Park mit diesem Vernunftvieh Schädel ergriffen habe! Sie verdient alles Gute.

MOTTE *(beiseite)*: Ja, gute Peitschenhiebe! Und doch immer noch einen besseren Liebhaber als meinen Herrn.

ARMADO: Sing, Junge, denn mein Geist wird schwer von Liebe!

MOTTE: Das ist aber ein Herrgottswunder, wo er doch ein leichtes Mädchen liebt.

ARMADO: Sing, sag ich!

MOTTE: Geduldet Euch, bis diese Gesellschaft vorüber ist.

Dumm, Schädel und Jaquenetta treten auf

DUMM: Herr, der König geruht zu befehlen, daß Ihr den Schädel in Gewahrsam nehmt; und ihr dürft ihm keine Wohltaten und keine Übeltaten nicht erweisen, aber drei Tage in der Woche muß er fasten. Die Mamsell hier, die muß ich in den Park bringen; sie ist als Milchmädchen aufgenommen worden. Gehabt Euch wohl!

ARMADO: Ach, mein Erröten, das verrät mich, Mädchen!

JAQUENETTA: Mann!

ARMADO: Ich will dich im Gästehaus besuchen.

JAQUENETTA: Das liegt ja nah.

ARMADO: Ich weiß schon, wo es liegt.

JAQUENETTA: Herr, was Ihr klug seid!

ARMADO: Ich will dir Wunder sagen!

JAQUENETTA: Mit dem Gesicht?

ARMADO: Ich liebe dich!

Jaquenetta: Ihr sagt es.
Armado: Und so leb wohl!
Jaquenetta: Und Euch ein gutes Wetter!
Dumm: Komm, Jaquenetta, fort. *Jaquenetta und Dumm ab*
Armado: Schurke, du sollst für deine Verbrechen fasten, eh dir verziehen wird!
Schädel: Aber, Herr, ich hoff, wenn ich das tu, dann werd ich es mit vollem Magen tun.
Armado: Du sollst schwer bestraft werden.
Schädel: Ich bin Euch mehr verbunden als Eure Leute, denn die werden nur leicht belohnt.
Armado: Führt diesen Schurken weg! Sperrt ihn ein.
Motte: Kommt, Ihr ausschweifender Knecht! Fort!
Schädel: Laßt mich nicht einsperren, Herr. Ich bin fest entschlossen, auch auf freiem Fuß zu fasten, wenn Ihr mich auslaßt.
Motte: Nein, Herr: Sobald ihr ausgelassen seid, feiert Ihr doch nur wieder ein ausgelassenes Fest! Ihr sollt ins Gefängnis.
Schädel: Schön, wenn ich je wieder die lustigen Tage der Verließlichkeit sehe, die ich gesehen habe, dann sollen doch einige sehen!…
Motte: Was sollen einige sehen?
Schädel: Nein, nichts, Meister Motte, als was sie im Auge haben. Für Gefangene schickt es sich nicht, mit ihren Worten zu schweigsam zu sein, und deshalb will ich gar nichts sagen. Dank dem lieben Herrgott ich hab so wenig Geduld wie nur irgendein anderer Mann, und drum kann ich ruhig sein. *Motte und Schädel ab*
Armado: Ich halt den Grund und Boden hoch, der niedrig ist, auf den ihr Schuh, der niedriger ist, gelenkt von ihrem Fuß, der noch niedriger ist, tritt. Ich werde mich versündigen, was ein großer Beweis von Untreue ist, wenn ich liebe. Und wie kann das treue Liebe sein, was mit Untreue beginnt? Liebe ist ein Kobold. Liebe ist ein Teufel: Es gibt keinen bösen Engel als die Liebe, und doch geriet auch Simson in diese Versuchung, obwohl er so außerordentlich stark war; und doch erlag auch Salomon dieser Verführung, obwohl er einen hervorragenden Geist hatte. Amors Bolzen ist zu hart für des Herkules Keule; daher hat er auch einer spanischen Klinge zu viel voraus. Der erste und zweite Grund, ihn zu fordern, wird mir nichts nützen: Den Ausfall respektiert er nicht, die Vorschriften des Duells achtet er nicht: Seine Schande ist es, daß man ihn einen bloßen

Knaben nennt, aber sein Triumph ist es, Männer zu unterwerfen. Adieu, Tapferkeit! Roste, meine Klinge! Sei still, Trommel! Denn dein Herr ist verliebt! Ja: er liebt! Steh mir bei, irgendein Stegreifgott des Reimes, denn ich bin sicher, aus mir wird ein Sonett! Sei findig, Geist! Schreibe, Feder, denn bei mir setzt's ganze Foliobände! *Ab*

Zweiter Akt

1. Szene

Im Park

Prinzessin, Maria, Katharine, Rosaline, Boyet und Gefolge treten auf

Boyet: Nun, nehmt, Prinzeß, all Euren Geist zusammen!
Denkt, wen der König, Euer Vater, ausschickt,
An wen er schickt, und was die Botschaft ist:
Euch, die die Welt hochhält als Kostbarkeit,
Daß Ihr verhandelt mit dem einzigen Erben
Aller Vorzüge, die ein Mann je hatte,
Dem Stolz Navarras! Und um nichts geringres
Als Aquitanien, einer Königin Mitgift!
Seid so verschwenderisch mit allen Reizen,
Wie die Natur es war, als sie die Reize
So selten machte in der ganzen Welt,
Weil sie verschwenderisch nur Euch sie schenkte.
Prinzessin: Edler Boyet, wie arm auch meine Schönheit,
Sie braucht doch nicht die Schminke Eures Ruhms!
Nur eines Auges Urteilskraft kauft Schönheit,
Doch bringt kein niedres Marktgeschrei sie an.
Ich bin nicht so stolz, Euer Lob zu hören,
Wie Ihr gewillt seid, selbst als klug zu gelten,
Weil Euer Geist zum Ruhm des meinen wirkt.
Doch nun mahn ich den Mahner: Graf Boyet,

Euch ist nicht neu, was das Gerücht geschwätzig
Sagt von des Königs von Navarra Eid:
Eh nicht drei Jahr' mühseliger Studien um sind,
Darf keine Frau dem stillen Hof sich nähern.
Drum scheint es uns vonnöten, ehe wir
Eintreten durch seine verbotenen Tore,
Erst zu erfahren, was er will; und dazu,
Vertrauend Eurem Wert, wählen wir Euch
Zu unsrer Sache redfertigstem Anwalt.
Sagt ihm, die Tochter des Königs von Frankreich
Erfleht Audienz von Seiner Hoheit selbst
In ernster, dringlich zu entscheidender Sache.
Sagt ihm auch gleich, wir harren voller Demut
Gleich niedren Bittstellern nun seines Winks.

BOYET: Willig und stolz geh ich, Prinzessin, teure!

PRINZESSIN: Nur williger Stolz ist Stolz, so auch der Eure! *Boyet ab*
Wer sind die andern, liebe Herrn, die schworen
Denselben Eid wie dieser fromme König?

ERSTER HÖFLING: Herr Longaville ist einer.

PRINZESSIN: Kennt Ihr ihn?

MARIA: Ich kenn ihn, Hoheit: Auf Herrn Perigorts Hochzeit
Mit Falconbridges schöner Tochter und Erbin
Sah in der Normandie ich Longaville.
Er gilt als Mann von überragenden Gaben,
Gut in den Künsten, glorreich in den Waffen.
Nichts schlägt ihm fehl, was er sich wirklich vornimmt.
Der einzige Fleck, den seiner Tugenden Glanz trägt,
Ist scharfer Witz, gepaart mit Eigensinn,
Der leicht verletzt, weil seine Willenskraft
Keinen verschonen will, der anders will als er.

PRINZESSIN: Ah, anderer Willen spotten macht ihn froh?

MARIA: Ja, wer ihn wirklich kennt, beschreibt ihn so.

PRINZESSIN: Ein solcher Eintagswitz verbrennt wie Stroh.
Wer sind die andern?

KATHARINE: Der junge Herr Dumain: Er ist vortrefflich.
Den lieben alle, die das Gute lieben:
Er könnt leicht schaden, arglos, wie er ist,
Denn er hat Geist genug, das Schlechte schön zu schildern,

Und er ist schön genug, auch ohne Geist
Zu siegen. Ich sah ihn bei Alençon,
Und alles Lob, das ich ihm spenden kann,
Ist viel zu klein, um ihm gerecht zu werden.

Rosaline: Da war noch einer, der mit ihm studiert,
Bei ihm, wenn ich es richtig hörte, namens
Biron; mit einem lustigeren Mann
(Im Rahmen dessen, was sich schickt) hab ich
Noch nie mich eine Stunde unterhalten.
Sein Aug findet für seinen Scharfsinn Anlaß.
Für jeden Gegenstand, den es erfaßt,
Findet sein Witz gleich etwas, was erheitert,
Was seine flinke Zunge so schnell auslegt
Und so gefällig vorbringt und so treffend,
Daß selbst die Alten ihre Ohren spitzen
Und alle Jüngeren überwältigt sind;
So schön und angenehm ist seine Rede.

Prinzessin: Gott segn' euch, Damen! Ihr seid ja wohl alle
Verliebt, daß jede ihn so reichlich schmückt
Mit solchem hohen Lob?

Erster Höfling: Da kommt Boyet. *Boyet tritt auf*

Prinzessin: Nun, wie empfängt man uns?

Boyet: Der König von Navarra
Hat schon gehört von Eurer holden Ankunft;
Und er und die Gefährten seines Schwures
Warteten schon auf Euch, teure Prinzessin,
Bevor ich kam. Doch wie ich hörte, will er
Im Feld Euch lagern lassen, sozusagen,
Als kämt Ihr, seinen Hof ihm zu belagern,
Statt sich von seinem Eid befrein zu lassen,
Damit Ihr sein verödetes Haus betretet.
Hier kommt Navarra!

König, Longaville, Dumaine, Biron und Gefolge treten auf

König: Schöne Prinzessin, willkommen hier am Hof!

Prinzessin: Schön geb ich Euch zurück, und ein Willkommen an Eurem Hof hab ich noch nicht. Das Dach dieses Hofes da ist zu hoch, um das Eure zu sein, und ein Willkommen hier auf freiem Feld ist zu gering, um mir zugedacht zu sein.

KÖNIG: Ihr sollt willkommen sein, Madame, an meinem Hof.
PRINZESSIN: Ich will willkommen sein! Gut: Führt mich hin.
KÖNIG: Hört, edle Frau: Ich hab' 'nen Eid geschworen.
Prinzessin: O, liebe Frau! Hilf diesem Herrn. Er wird noch meineidig!
KÖNIG: Nein, Madame, nicht um die Welt,
Wenn es nach meinem Willen geht.
PRINZESSIN: Den bricht ein andrer Wille, weiter nichts. Ach, »Wille«?
KÖNIG: Nein, Eure Hoheit weiß nicht, was wir schworen.
PRINZESSIN: Wenn Ihr's nicht wüßtet, Herr, dann wär es weise,
Dieses Nichtwissen, wo doch Euer Wissen
Nur Eure Unwissenheit dartun kann.
Ich höre, Eure Hoheit hat geschworen
Nicht offnes Haus für Gäste mehr zu halten.
Todsünde ist's, den Schwur zu halten, Hoheit,
Und Sünde, ihn zu brechen.
Jedoch verzeiht, daß ich zu vorlaut bin.
Schlecht ziemt's mir, den Gelehrten zu belehren.
Geruht den Grund meines Besuchs zu lesen,
Dann fertigt mich nur ab, so schnell Ihr könnt.
KÖNIG: Madame, das will ich. Darf es schnell geschehen?
PRINZESSIN: Je schneller, desto früher kann ich gehen.
Sonst müßt Ihr Eurem Schwur entgegenstehen.
BIRON *(zu Rosaline)*: Hab ich nicht in Brabant mit Euch getanzt?
ROSALINE: Hab ich nicht in Brabant mit Euch getanzt?
BIRON: Ja, sicherlich.
ROSALINE: Wie unnütz war es dann, danach zu fragen!
BIRON: Seid nicht so rasch, verweilt!
ROSALINE: Die Weile wird mir lang,
Wenn Ihr mich anstachelt mit solchen Fragen.
BIRON: Euer Scharfsinn wird noch müd von solcher Hast.
ROSALINE: Doch erst wirft Eure Euch ab im Morast!
BIRON: Wie spät ist's denn?
ROSALINE: Die Stunde, wo sich Narren regen.
BIRON: Ah, Gott verleihe Eurer Maske Segen!
ROSALINE: Segen vor allen Dingen dem Gesicht.
BIRON: Und schick Euch viele Liebste; alle munter!
ROSALINE: Amen, wenn Ihr nicht einer davon seid!
BIRON: Nein, nein, ich mach mich schon davon beizeit.

KÖNIG: Prinzessin, Euer Herr Vater schreibt hier auf
Einhunderttausend Kronen als gezahlt.
Doch das war nur die Hälfte einer Summe,
Die ihm mein Vater lieh für seinen Krieg.
Doch auch gesetzt, er oder wir, die keiner
Das Geld erhielten, hätten es bekommen,
So blieben doch nach hunderttausend Kronen
Weitere hunderttausend unbezahlt,
Wofür an uns als Sicherheit verfändet
Ein Teil von Aquitanien bleibt, obwohl er
Die Summe, sagen Schatzmeister, nicht wert ist.
Wenn aber Euer Herr Papa, der König
Nur diese eine Hälfte uns zurückzahlt,
So geben wir ihm Aquitanien wieder
Aus reiner Freundschaft für Seine Majestät.
Doch dazu, scheint es, hat er wenig Lust,
Denn hier verlangt er, daß man ihm zurückzahlt
Einhunderttausend Kronen; ihm liegt nicht dran,
Durch die Zahlung von hunderttausend Kronen
Sein Recht an Aquitanien neu zu wecken,
Von dem wir lieber ganz uns trennen möchten
Und dafür das, was sich sein Vater auslieh,
Zurückhätten, das Geld, nicht Aquitanien,
Das nun verstümmelt und verschnitten ist. –
Teure Prinzessin, war nicht seine Forderung
So fern von Einlenkung und Zugeständnis,
Schon Eure Schönheit würde mir entringen
Ein Zugeständnis, gegen die Vernunft selbst,
Daß Ihr zufrieden heim nach Frankreich gingt.
PRINZESSIN: Ihr tut dem König, meinem Vater, Unrecht
Und großes Unrecht Eurem guten Ruf,
Daß Ihr so unansehnlich gar nicht zugebt
Das, was Euch doch schon längst treulich bezahlt ist.
KÖNIG: Ich schwör, ich habe nie davon gehört;
Und wenn Ihr's mir beweist, zahl ich's zurück,
Oder nehmt Aquitanien!
PRINZESSIN: Euer Wort drauf!
Boyet, Ihr könnt die Unterschriften zeigen

Von den Beamten seines Vaters Karl
Für diese Summe.

KÖNIG: Ja. Die zeigt mir nur!

BOYET: Verzeihn, Herr, das Paket ist noch nicht da,
Drin dies und andere Dokumente liegen.
Morgen sollt Ihr sie sehn.

KÖNIG: Das soll genügen.
Was billig ist, dem will ich mich gern fügen.
Einstweilen laßt mich Euch willkommen heißen,
Denn Eure Würde hat ein Recht auf Ehre,
Soweit ich meine Ehre so nicht einbüß,
Indem ich meinen Schwur brech: Schöne Fürstin,
In meine Tore dürft Ihr nicht hinein,
Jedoch hier draußen will ich Euch empfangen,
So, daß Ihr merkt, Ihr wohnt in meinem Herzen,
Auch wenn mein Haus Euch Gastfreundschaft versagt!
Verzeih mir's Euer Edelmut! – Lebt wohl!
Morgen, mein Fräulein, besuchen wir Euch wieder!

PRINZESSIN: Glück und Gesundheit sei mit Euer Gnaden!

KÖNIG: Dein eigner Wunsch sei zu dir eingeladen! *König ab*

BIRON: Fräulein, ich will Euch meinem Herzen empfehlen.

ROSALINE:
Bitte, bestellt ihm meine Empfehlungen! Ich würde es gerne sehen.

BIRON: Ich wollte, Ihr würdet es stöhnen hören!

ROSALINE: Das Närrchen! Ist es krank?

BIRON: Es ist von Herzen krank.

ROSALINE: O weh! So laßt ihm Blut.

BIRON: Glaubt Ihr, das tät ihm gut?

ROSALINE: Mein Arzt sagt, das wird taugen.

BIRON: Stichst du's mit deinen Augen?

ROSALINE: Ach wo! Mit meinem Messer.

BIRON: O Herrgott! Mach sie besser!

ROSALINE: Auch Euch, und nehm Euch bald zu sich!

BIRON: Ohne Dank entferne ich mich. *Zieht sich zurück*

DUMAIN: Herr, auf ein Wort, wer ist denn diese Dame?

BOYET: Die Erbin Alençons, Kathrine ist ihr Name.

DUMAIN: Eine herrliche Dame. Gehabt Euch wohl, Monsieur! *Ab*

LONGAVILLE: Gestattet, Herr: Und wer ist die in Weiß?

BOYET: Bei Licht besehn ein Weib, das gut zu reden weiß.
LONGAVILLE:
Bei Licht vielleicht zu leicht. Darf man den Namen haben?
BOYET: Sie hat nur einen. Strebt nach anderen Gaben!
LONGAVILLE: Sagt, Herr, wessen Tochter ist sie?
BOYET: Ihrer Mutter, hab ich vernommen.
LONGAVILLE: Gott segne Euch und laß Euch einen Bart bekommen!
BOYET: Lieber Herr, nehmt mir's nicht übel.
Sie ist die Erbin von Falconbridge.
LONGAVILLE: Nein, mein Zorn ist schon vorüber,
Sie ist wirklich ein schönes Fräulein.
BOYET: Da sag ich nicht nein, Herr; das kann schon sein.
Longaville ab
BIRON: Wie heißt die Dame in der Haube?
BOYET: Rosaline, wie ich glaube.
BIRON: Ist sie schon unter die Haube gekommen?
BOYET: Nein, sie hat die nur auf den Kopf genommen.
BIRON: Ah Herr, dann seid Ihr mir willkommen! Doch lebt wohl.
BOYET: Lebt wohl, Herr, Ihr seid auch dazu willkommen. *Biron ab*
MARIA: Der letzte war Biron, der lustige, tolle Lord.
Kein Wort von ihm, das kein Witz ist!
BOYET: Und sein Witz ist nichts als ein Wort.
PRINZESSIN:
Drum habt Ihr recht gehandelt: Ihr nahmt ihn beim Wort!
BOYET: Ich wollte ihn grad so gern entern, wie er bei mir an Bord!
KATHARINE: Zwei hitzige Schafe! Wirklich!
BOYET: Und warum nicht Schiffe? Nein!
Nicht Schafe; außer, wir weiden, du süßes Lämmelein,
Weidlich – und wenn du willst, hitzig – da, an den Lippen dein!
KATHARINE: Ihr Schaf und ich Weide? Läuft's darauf hinaus mit mir?
BOYET: Wenn Ihr mir Weiderecht gebt.
KATHARINE: Nicht doch, Ihr hohes Tier!
Meine Lippen sind nicht Gemeindeland, wenn auch geteilt.
BOYET: Wem gehören sie denn?
KATHARINE: Meinem Schicksal, wo immer das weilt. Und mir selbst!
PRINZESSIN: Sehr witzig! Doch sagt, Freunde, eh ihr so weitereilt:
Diese Klingen unseres Witzes, sollten wir die nicht verwenden
An die Bücherwürmer Navarras,

Statt daß wir sie hier verschwenden?
BOYET: Wenn meine Beobachtung, die nur sehr selten lügt,
Des Herzens stumme Rhetorik, über die das Auge verfügt,
Mich jetzt nicht betrügt, ist Navarra schon angesteckt.
PRINZESSIN: Wovon?
BOYET:
Von dem, was wir Liebenden nennen, primären Herzensaffekt.
PRINZESSIN: Euer Grund?
BOYET:
Nun, sein ganzes Benehmen unterwarf sich, sichtlich befangen,
Dem Gebot seines Auges, und sein Blick verriet sein Verlangen.
Sein Herz, gleich einem Achat, in den Euer Bild man schnitt,
War stolz auf diesen Schmuck und teilte dem Auge das mit.
Sein Mund, voll Unmut, nur zu reden und nicht zu sehn,
Stolperte voller Hast, dem Auge im Weg zu stehn,
Und alle Sinne fühlten, was geschehn
Und wollten gern die Schönste selber sehn.
Sein Blick umschloß so seine Sinne all
Wie einst Fürsten Kleinod aus Kristall,
Das dessen Reichtum zeigt; er aber bot's Euch an,
Wie einem Käfer, den man dadurch kaufen kann.
Und sein Gesicht schrieb dazu an den Rand
Für aller Aug, er sei in Lieb entbrannt. –
Daß er Euch Aquitanien und alles geben muß,
Das sag ich Euch: Für einen Liebeskuß.
PRINZESSIN: Kommt mit in unser Zelt. Boyet ist jetzt in Fahrt!
BOYET: Nur das zu sagen, was sein Aug mir offenbart. Ich lieh da seinem Aug nur meinen Mund, Und meine Zunge tut Euch nur die Wahrheit kund.
MARIA: Du alter Liebeshändler sprichst nicht ohne Grund!
KATHARINE: Er ist Amors Großvater und erfährt von ihm viel.
ROSALINE: Dann war Venus wie ihre Mutter,
Denn ihr Vater paßt nicht ins Spiel!
BOYET: Hört, ihr tollen Mädchen!
MARIA: Nein!
BOYET: Nun, könnt ihr dann sehn?
MARIA: Ach ja, daß wir gehn solln?
BOYET: Ach laßt mich doch gehn! *Alle ab*

Dritter Akt

1. Szene *Armado und Motte treten auf*

ARMADO: Trillere, Kind! Mach mir mein Gehör leidenschaftlich!
MOTTE *(singt)*: Can cailin gheal!
(Ausgesprochen: Kon kollihn jahl = Sing, schöne Maid!)
ARMADO: Süße Melodie! Geh, du Zartbejahrter, nimm diesen Schlüssel, entkerkere den Schäfer und bring ihn stehenden Fußes hierher. Ich muß ihn zu einem Brief an meine Liebste verwenden.
MOTTE: Herr, wollt Ihr Eure Liebste mit einem französischen Luftsprung gewinnen?
ARMADO: Wie meinst du das? Die Franzosen in die Luft sprengen?
MOTTE: Nein, mein Herr und Gebieter; nur eine Melodie so von der Zungenspitze wegschnellen und dazu mit den Füßen tremolieren, dem Ganzen Seele verleihen, indem Ihr Eure Augen verdreht, je eine Note seufzt und eine Note singt, manchmal durch die Kehle, als ob Ihr die Liebe schlucktet, indem Ihr die Liebe singt; manchmal durch die Nase, als ob Ihr die Liebe hochzöget, indem Ihr die Liebe riecht; mit Eurem Hut wie ein Wetterdach über den Fensterladen Eurer Augen, mit gekreuzten Armen über Eurem dünnen Wams wie ein Kaninchen am Bratspieß; oder mit den Händen in der Tasche, wie ein Mann auf dem alten Gemälde. Und bleibt nicht zu lange bei einer Melodie; nein: schnipp und fort! Das sind die Gaben und die Humore, mit denen man hübsche Dirnen fängt, die sich auch sonst fangen ließen. Das macht die Männer zu Notabeln, *(zu den Zuschauern)*: Nota bene die, die sich auf so etwas verstehen.
ARMADO: Wie hast du dir diese Erfahrung erkauft?
MOTTE: Für meinen Groschenverstand.
ARMADO: Für nichts, für nichts …
MOTTE: »Für nichts gilt nun des Steckenpferds Gedenken!«
ARMADO: Nennst du meine Liebe ein Steckenpferd?
MOTTE: Nein, Herr: Das Steckenpferd ist noch ein kleines Füllen *(leise)* und Eure Liebe vielleicht eine alte Mähre, die man stundenweise mieten kann. *(Laut)* Aber habt Ihr Eure Liebe vergessen?
ARMADO: Beinahe.

MOTTE: Nachlässiger Student! Ihr müßt sie herzhafter lernen; auswendig!
ARMADO: Auswendig und inwendig. Junge!
MOTTE: Und abwendig, Herr. Alle drei will ich beweisen.
ARMADO: Was willst du beweisen Junge?
MOTTE: Daß ich ein Mann bin, wenn ich's erlebe; aber dieses Aus, In und Ab jetzt auf der Stelle: Auswendig liebt Ihr sie, weil sie Euch fein draußen hält. Inwendig liebt Ihr sie, weil Ihr sie inwendig noch gar nicht auswendig kennt; und abwendig liebt Ihr sie, weil Ihr Euch abwendet, um nicht zu sehen, daß sie sich von Euch abwendet.
ARMADO: Aber auf alle drei Arten liebe ich sie!
MOTTE: Und noch drei solche wären noch immer nichts!
ARMADO: Hol den Schäfer her. Er soll für mich einen Brief bestellen.
MOTTE: Eine Botschaft, wie sich's gehört: ein Gaul als Botschafter eines Esels.
ARMADO: Ha ha! – Was hast du da gesagt?
MOTTE: Herr, daß Ihr den Esel das Pferd besteigen lassen müßt, denn zu Fuß ist er sehr langsam. Aber ich geh schon.
ARMADO: Der Weg ist nur kurz: geh!
MOTTE: So schnell wie Blei, Herr.
ARMADO: Was meinst du, hübscher Spaßvogel?
Ist Blei nicht ein Metall, plump, langsam, schwer?
MOTTE: Minime, Herr! Oder nein, Herr: Nur um so mehr.
ARMADO: Doch, Blei ist langsam.
MOTTE: Herr, Ihr übereilt Euch sehr.
Ist Blei denn langsam, das aus der Flinte fährt?
ARMADO: Süßduftende Rhetorik!
Er nennt mich eine Kanone, und die Kugel ist er!
Nun gut, schieß hinüber zum Schäfer!
MOTTE: Piffpaff, puff! Und Ihr seht mich nicht mehr! *Ab*
ARMADO: O kluger Juvenil! Voll Anmut und voll Witz!
Verzeih mir, Firmament, ich seufz in dein Antlitz,
Denn du, rauhe Schwermut, nahmst mein tapferes Herz in Besitz. –
Mein Herold ist wieder da! *Motte kommt mit Schädel zurück*
MOTTE: Ein Wunder, mein Herr: ein Schädel zerschlug sich ein Bein!
ARMADO: Ein Enigma, ein Rätsel! Dein Reim drauf, was mag der wohl sein?

SCHÄDEL: Kein Igma, kein Rätsel, kein Schleim drauf aus einer Salbenbüchse, Herr. Nur Wegerich. Einfacher Wegerich, wie er am Weg wächst. Kein Schleim drauf, kein Schleim drauf, Herr! Nichts als Wegerich.

ARMADO: Bei allen Tugenden, du zwingst uns zum Lachen! Deine Einfalt reizt meine Laune; du füllst mir die Lungen mit lachhaftem Lächeln. Oh verzeiht mir, meine Sterne! Hält jener Unwissende eine glitschige Salbe für einen bedeutsamen Reim, und einen Reim für eine Salbe?

MOTTE: Denken denn die Weisen anders? Muß nicht der Reim flugs dahingleiten, um seinen heilsamen Zweck zu erfüllen? Sonst salviert er nichts.

ARMADO: Nein, Page! Es ist ein Epilog oder Diskurs, der macht klar
Einen dunklen Vorgang, welcher zuvor erwähnt war.
Ich will dir ein Beispiel geben:
Der Fuchs, der Affe und die Hummel, mein Kind,
Waren immerzu ungrad, weil sie dreie nur sind,
Das ist die Moral: Jetzt kommt der Schlußreim zum Geleit.

MOTTE: Das Geleit geb ich dazu; Sagt die Moral nochmals!

ARMADO: Der Fuchs, der Affe und die Hummel, mein Kind,
Waren immerzu ungrad, weil sie dreie nur sind.

MOTTE: Da kam die Gans aus ihrer Tür,
Und macht die Zahl grad, denn mit ihr sind es vier,
Nun will ich mit Eurer Moral beginnen, und Ihr folgt mit meinem Geleitreim.
Der Fuchs, der Affe und die Hummel, mein Kind,
Waren immerzu ungrad, weil sie dreie nur sind.

ARMADO: Da kam die Gans aus ihrer Tür
und macht' die Zahl grad, denn mit ihr sind es vier.

MOTTE: Ein gutes Geleit, das ich Euch da gebe: Ihr erreicht Euern Höhepunkt in einer Gans! Was mehr könnt ihr begehren?

SCHÄDEL: Der Junge verkauft ihm eine gute Gans, das ist nett! Herr, steckt Eure Pennies in diese Gans: Sie ist schön fett! So ein Handel ist gut, Und dem Tier folgt der Kehrreim als Schwanz:
Mal sehn: Ein dickes Ende! Aber auch eine dicke Gans!

ARMADO: Kommt, kommt! Wie kamen wir in dies Gespräch hinein?

MOTTE: Ich sagte, da gibt's einen Schädel, der brach ein Bein.
Dann wolltet Ihr einen Reim drauf.

SCHÄDEL: Ja, und ich Wegerich drauf; so stellte das Wechselgespräch sich ein. Dann kam der Junge mit seinem fetten Schwanz von Geleitreim, und die Gans, die Ihr gekauft habt; und damit hörte der Markt auf.

ARMADO: Aber sagt mir, wieso wurde da einem Schädel das Schienbein gebrochen?

MOTTE: Ich will's Euch klarmachen.

SCHÄDEL: Du hast kein Gefühl dafür. Motte: Den Reim darauf will *ich* Euch sagen.

Ich, Schädel lief hinaus, der drinnen sicher war,
Fiel auf der Schwelle und brach mir mein Schienbein gar.

ARMADO: Wegen dieser Sache wollen wir uns nicht mehr entzweien.

SCHÄDEL: Bis mein Schienbein nicht mehr entzwei ist!

ARMADO: Freund Schädel, ich will dir 'ne Stimme erteilen...

SCHÄDEL: Oh, bestimmt wollt Ihr mir 'ne Dirne zuteilen! Mich mit so einer vermählen! Ah! Ich riech schon den Braten: die Gans und den Reim drauf.

ARMADO: Bei meiner unschuldigen Seele, ich meinte, ich wollte dich freilassen; deiner Person die Freiheit geben! Du warst eingemauert, im Zaum gehalten, abgeführt, gefangen, gebunden.

SCHÄDEL: Ja, ja, und nun wollt Ihr mein Abführmittel sein und mir freien Lauf lassen,

ARMADO: Ich gebe dir deine Freiheit, setze dich frei von der Haft, in die man dich abgeführt hatte, und dafür erlege ich dir weiter nichts auf als dieses eine, daß du diesen Brief da dem Landmädchen Jaquenetta überbringst. *(Gibt Schädel Geld)* Da hast du Lohn, denn das beste, was ich für meine Ehre tun kann, ist: Meine Leute gut lohnen. Motte, du folgst mir dann. *Geht ab*

MOTTE: Wie der Schluß dem Kapitel! – Werter Herr Schädel, ade!

SCHÄDEL: Mein süßes Lot Menschenfleisch auf der Waage des Juden! Geh, geh! *Motte ab*

Nun will ich sehen, was sein Lohn ist.

Lahn. Lehn, Liehn, Lohn, Luhn. Ach ja, sein Lehn sind drei Pfennig, drei Pfennig zum Lohn, und auch nur geliehn. Was kostet dieser Bindfaden? »Einen Groschen.« Nein, da geb ich Euch lieber ein Lehn. Ja, das hört sich nach was an: Ein Lehen zum Lohne! Das hört sich besser an als eine französische Krone! Ohne dieses Wort will ich nie mehr kaufen oder verkaufen. *Biron tritt auf*

BIRON: Ah, mein lieber Schädel! Wie gut, daß ich dich treffe!
SCHÄDEL: Ich bitt Euch, Herr, wieviel fleischrotes Band kann man wohl für einen Lohn kaufen?
BIRON: Was ist denn der Lohn?
SCHÄDEL: Ach Herr, zwei Pfennig und einer dazu.
BIRON: Oh, wenn's das ist, so kriegst du dafür um drei Pfennig Seidenband.
SCHÄDEL: Schönen Dank, Euer Gnaden! Gott geb Euch Geleit!
BIRON: Nein, warte, Knecht! Ich brauch etwas von dir:
Liegt dir etwas an meiner Gunst, mein Guter,
So tu etwas für mich, um das ich bitte.
SCHÄDEL: Wann wollt Ihr, daß ich's tue, edler Herr?
BIRON: Heut Nachmittag.
SCHÄDEL: So tu ich's, Herr. Lebt wohl.
BIRON: Aber du weißt nicht, was es ist.
SCHÄDEL: Ich werd es wissen, Herr, wenn ich's getan hab.
BIRON: Nein, Schuft, du mußt es doch im voraus wissen.
SCHÄDEL: Ich komme morgen früh zu Euer Gnaden.
BIRON: Es muß heut Nachmittag sein. – Hör, Kerl, es ist nur das:
Hier in den Park kommt die Prinzessin jagen,
Und eine edle Dame ist bei ihr:
Wenn ein Mund süß spricht, nennt er ihren Namen
Und nennt sie Rosaline: Frag nach ihr,
Und ihrer weißen Hand vertrau du dieses
Versiegelte Brieflein an. – Nimm dies Douceur und geh!
SCHÄDEL: Du Gör! Du Gör, du süßes! Besser als Lohn! Mehr als elf Pfennig besser! Du süßes Gör! Ich will's tun, Herr, ganz genau, wie gedruckt. Du Gör! – Lohn! *Geht ab*
BIRON: Und ich verliebt? – Ich, sonst der Liebe Geißel!
Ein wahrer Scherge jedem Liebesseufzer,
Ein Kritiker, ein strenger Nachtwächter,
Der größer ist als jeder sterbliche Mann!
Dieser jammernde, launenhafte Knabe,
Kurzsichtig tappend, mit verbundnen Augen,
O dieser Riesenzwerg, o dieser Junker,
Der aller Herren Herr wird: Don Cupido!
Regent der Liebesreime, der Gebete,
Gesalbter Fürst der Seufzer und des Jammers,

Herr aller unzufriednen Müßiggänger,
Der Unterröcke Prinz und Hosenlätze
Alleinherrscher, und großer General
Der Sittenpolizei: Mein armes Herz, du!
So soll ich Fähnrich sein in seinem Feld
Und seine Farben tragen wie ein Gaukler!
Was? Ich verliebt? Ich frei' und such ein Weib!
Ja, eine Frau wie eine Uhr aus Deutschland,
An der man stets hantieren muß, die nie
Recht funktionieren will und nach der Uhr gehn;
Und stellt man sie, damit sie richtig geht
Dann geht's erst richtig los, dann schlägt mein Stündlein! –
Und meinen Schwur brechen, das ist das Schlimmste,
Und von Dreien die Allerschlimmste lieben!
Ein Milchgesicht mit solchen samtnen Brauen
Und zwei Pechkugeln im Gesicht statt Augen;
Und, Himmel: eine, die die Untat tun wird,
Und um so eine seufz ich und bin schlaflos
Und bet um sie! Ja, ja, das ist die Strafe,
Die Amor mir nun schickt für die Verachtung
Seiner allmächtig furchtbar kleinen Macht!
Gut: ich will lieben, beten, flehn auf ihrer Spur:
Der liebt die Fürstin, ich ihr Fräulein nur. *Ab*

Vierter Akt

1. Szene

Prinzessin, Maria, Katharine, Rosaline, Boyet, Edelleute, Gefolge und ein Förster treten auf

PRINZESSIN: War das der König, der sein Pferd so scharf
Anspornte auf den Steilhang dieses Hügels?
FÖRSTER: Ich weiß nicht, doch ich glaub, er war es nicht.
PRINZESSIN: Wer es auch war, sein Sinn strebt hoch hinaus.
Nun, Herren, heut erhalten wir Bescheid,
Und Samstag wollen wir zurück nach Frankreich.
Freund Förster, zeigt uns das Gebüsch, in dem wir
Auf Anstand stehn und Mörder spielen müssen.
FÖRSTER: Gleich hier, am Rand des Jungwalds dort, der Anstand:
Da habt Ihr schönste Schußgelegenheit.
PRINZESSIN:
Schön, daß ich schön bin, ich, die schießt! Und Dank Euch,
Daß Ihr das ausnützt und mich Schönste nennt.
FÖRSTER: Verzeihn, Madame, so hab ich's nicht gemeint.
PRINZESSIN: Was? Erst gelobt und dann mein Lob verneint?
Kurzlebiger Stolz! Nicht schön? Oh, Augen, weint!
FÖRSTER: Doch, Madame, schön.
PRINZESSIN: Nein, schmink nicht mein Gesicht!
Wo Schönheit fehlt, hilft auch das Schmeicheln nicht.
Hier, guter Spiegel, daß sich Wahrheit lohnt! *Gibt ihm Geld*
Das Geld ist gut, auch wenn dein Wort nicht schont.
FÖRSTER: Ihr habt doch reine Schönheit nur geerbt!
PRINZESSIN: Seht, wie mein Erbgut meine Schönheit färbt!
Oh, unsrer Tage Schönheitsketzerei:
Die Hand, die gibt, ist schön, wie häßlich sie auch sei.
Doch kommt, den Bogen! – Gnade kommt zum Schuß,
Der, wenn er trifft, getadelt werden muß.
So bleibt mein Ruf als Schütze mir erhalten:
Wenn ich nicht traf, so ließ ich Mitleid walten.
Und traf ich, war's, weil's meine Kunst gebot,
Aus Ehrgeiz mehr als um des Tieres Tod.
Und ohne Frage treibt oft Ruhmesgier

Uns zu Verbrechen, ärger als ein Tier,
Wenn wir, damit uns andere glänzen sehn,
An unseres Herzens Regung uns vergehn,
Wie ich aus Ehrgeiz nur tracht nach dem Blut
Des armen Wilds, ist auch mein Herz ihm gut.

BOYET: Ist's Ehrgeiz, der die böse Frau oft lehrt,
Daß sie im Haus Alleinherrschaft begehrt als Herrin ihres Herrn?

PRINZESSIN: Nur Ehrgeiz; weil's uns wirklich Ehre bringt! –
Ja! Jeder Dame, die einen Herrn bezwingt. *Schädel tritt auf*

BOYET: Hier kommt ein Bürger der Gelehrtenrepublik!

SCHÄDEL: Schön guten Abend alle! Um Vergebung, welche ist die Hauptdame?

PRINZESSIN: Du wirst die daran erkennen, Freund, daß die anderen kein Haupt haben.

SCHÄDEL: Welches ist die größte Dame, die höchste?

PRINZESSIN: Die dickste und die längste.

SCHÄDEL: Die dickste und die längste? Ja, freilich! Wahr ist wahr:
Wär Eure Taille, Madame, wie mein Verstand so dünn,
Ein Gürtel eines Fräuleins hier reichte für Euch schon hin.
Seid Ihr nicht die Hauptdame? Ihr seid die Dickste hier.

PRINZESSIN: Was ist Euer Anliegen, Freund? Was ist Euer Anliegen?

SCHÄDEL:
Ich hab einen Brief an Fräulein Rosaline von Monsieur Biron.

PRINZESSIN: Er ist mein guter Freund. Den Brief her! Gib ihn schon!
Tritt zur Seite, guter Träger! Boyet, tranchiert ihn,
Schneide uns diesen Kapaun auf!

BOYET: Zu Befehl, ich servier ihn. –
Dieser Brief ist verwechselt. Er betrifft niemand hier. Er ist geschrieben an Jaquenetta.

PRINZESSIN: Doch wir lesen ihn, glaubet mir!
Brecht das Wachssiegel auf. Und jetzt hören wir.

BOYET *(liest)*: Beim Himmel, daß Du schön bist, ist höchst untrüglich. Wahr ist, Du bist reizend; die Wahrheit selbst, daß Du lieblich bist. Du schöner als schön, lieblicher als lieblich, wahrhaftiger als die Wahrheit selbst: habe Mitleid mit Deinem heroischen Vasallen! Der großzügige und höchst erlauchte König Cophetua warf sein Auge auf die zweifelhafte und zweifellose Bettlerin Zenelophon, und er war es, der von Rechts wegen sagen konnte, veni, vidi, vici; welches, in die Sprache des gemeinen Volkes zersetzt (o niedrige und schwerverständliche gemeine Volkssprache!) Videlicet, er kam, sah und überwand: Er kam, eins; sah, zwei; überwand, drei! Wer kam? Der König. Warum kam er? Um zu sehen. Warum sah er? Um zu überwinden. Zu wem kam er? Zur Bettlerin. Was sah er? Die Bettlerin. Wen überwand er? Die Bettlerin. Der Schluß davon ist Sieg. Für wen? Für den König. Die Gefangene erfährt Bereicherung. Wessen? Der Bettlerin. Die Katastrophe ist eine Hochzeit. Für wen? Den König? Nein, für beide zugleich oder in jedem Falle für eines der beiden. Ich bin der König, denn so will es der Vergleich; Du die Bettlerin, denn so bezeugt es Dein niedriger Stand. Soll ich Dir Deine Liebe befehlen? Das könnte ich. Soll ich Deine Liebe erzwingen? Das stünde mir offen. Soll ich Deine Liebe erflehen? Das will ich. Was wirst Du eintauschen für Deine Lumpenkleider? Prunkkleider. Für Deinen schlechten Kittel? Einen guten Titel. Für Dich selbst? Mich. So erniedrige ich in Erwartung Deiner Antwort meine Lippe zu Deinem Fuß, meine Augen zu Deinem Bild und mein Herz zu allen Teilen Deiner selbst.

Dein im teuersten Eifer der Hingebung
Don Adriano de Armado
So hörst Du den nemäischen Löwen brüllen
Nach Dir, Du Lamm, das dasteht als sein Ziel,
Doch wird sein fürstlicher Fuß sein Los erfüllen:
Fußfall vor Dir, und seine Gier wird Spiel!
Doch sträubst Du Dich, was bist Du, arme Seele?
Fraß seiner Wut, Imbiß für seine Höhle.

Prinzessin: Oh, welches Federvieh hat diesen Brief erdacht?
Sagt, welcher Wetterhahn? Ist das nicht eine Pracht!
Boyet: Wenn ich nicht völlig irr', erkenn ich ihn am Stil.
Prinzessin: Ah, Euer Kopf wär schlecht, wenn sowas Euch entfiel!
Boyet: Dieser Armado ist ein Spanier, mit seinen Possen
Erfreut er den König und seine Studiengenossen.
Ein Phantast, ein Don Quichotte.
Prinzessin: Du, Bursche, komm her! Wer gab Dir den Brief?
Schädel: Ich sagt's Euch: Mein Herr.
Prinzessin: Wem sollst Du ihn geben?
Schädel: Der Dame vom Herrn.
Prinzessin: Welcher Dame von welchem Herrn?

SCHÄDEL: Von meinem gnädigen Herrn Biron bin ich hergesandt
Zu einem Fräulein hier, die wird Rosaline genannt.

PRINZESSIN: Du hast den Brief verwechselt. – Ihr Herren, wir gehn!
(Zu Rosaline):
Dein Brief wird schon kommen. Einstweilen nimm den.

Prinzessin und Gefolge ab

BOYET: Wer ist hier verschossen?

ROSALINE: Wollt Ihr's wissen in Eil?

BOYET: Ja, du mein Tausendschön!

ROSALINE: Unsrer Schützin ihr Pfeil. Gut gegeben!

BOYET: Meine gnädige Fürstin schießt Wild um sein hörnern Geweih.
Doch wenn Ihr heiratet, geht noch kein ganzes Jahr vorbei,
(Sonst könnt Ihr mich hängen!) Und schon wachsen Hörner frei. –
Gut zurückgegeben!

ROSALINE: Gut! Dann bin ich die Schützin.

BOYET: Und wer ist Euer Bock?

ROSALINE: Den Hörnern nach Ihr. Seht Euch vor mit Eurem Gelock! –
Auch gut gegeben!

MARIA: Ihr bekämpft sie noch immer!
Das kriegt Eure Stirne zu spüren!

BOYET: Sie ist tiefer unten getroffen!
Konnt' ich sie etwa nicht berühren?

ROSALINE: Soll ich mit einem alten Spruch über dich herziehen, der schon ein Mann war, als König Pippin von Frankreich ein kleiner Junge war, und der das Treffen betrifft?

BOYET: Dann kann ich dir mit einer Redensart antworten, die geradeso alt ist und schon ein Weib war, als Königin Guinevra von Britannien noch ein kleines Mädchen war, und die auch das Treffen betrifft.

ROSALINE: Du kannst nicht treffen, treffen, treffen!
Du kannst nicht treffen, mein guter Mann! *Ab*

BOYET: Und wenn ich's nicht kann, nicht kann, nicht kann,
Und wenn ich's nicht kann: ein andrer kann!

SCHÄDEL: Meiner Treu! Schön, wie die beiden sich äffen!

MARIA: Ein Scheibenschießen, wobei beide gut treffen.

BOYET: Eine Scheibe! Ah, seht euch die an! Die Scheibe! Doch nicht vergessen: In die Scheibe gehört ein Bolzen, danach wird der Schuß bemessen!

MARIA: Daneben geschossen! Wirklich: Ihr seid nicht bei der Hand mit der Hand!

SCHÄDEL: Ja, er muß näher heran, dann geht's mitten hinein! Halt ihr Stand!

BOYET: Ist meine Hand nicht bei der Hand, so ist vielleicht Eure im Spiel.

SCHÄDEL: Dann gewährt sie Euch Vorschuß und spaltet als erste ihr Ziel.

MARIA: Kommt, kommt! Ihr sprecht schlüpfrig, und Euer Mund wird gemein.

SCHÄDEL: Sie ist zu hart, Freund, für deinen Bolzen! Lad sie zum Kegeln ein!

BOYET: Da gibt's zuviel Anstoß. Gute Nacht, meine liebe Eule!

Boyet, Maria und Katharina ab

SCHÄDEL: Bei meiner Seele, ein einfältiger Schafskopf, ein Clown!
Wie die Damen und ich ihn plattdrückten, schön anzuschaun!
Meiner Treu, schöne Späße! Schön glatt und platt und gemein.
So muß es flutschen, so obszön, so mitten hinein!
Armado ist der eine – ja, ein empfindsamer Mann,
Der ganz schön einer Dame ihren Fächer vorantragen kann.
Er küßt sich im Gehen die Hand
Und schwört Euch die schönsten Eide.
Und andererseits sein Page, dieses Händchenvoll Witze! –
Beim Himmel, der ist eine klägliche Nisse!
Sola! Sola! *Jagdrufe draußen. Schädel ab*

2. Szene

Holofernes, Sir Nathaniel und Dumm treten auf

NATHANIEL: Eine höchst ehrbare Jagd, wirklich: Ein Sport mit gutem Gewissen.

HOLOFERNES: Der Hirsch war, wie Ihr wißt, sanguis, in vollem Blut, reif wie ein Goldapfel, der eben noch hängt wie ein Juwel im Ohre von coelo, dem Himmel, dem Firmament, dem hohen Gewölbe, und gleich darauf herabfällt wie ein Holzapfel auf das Gesicht der terra, des Bodens, des Landes, der Erde.

NATHANIEL: Wirklich, Hochwürden, Eure Beiworte wechseln schön ab! Ganz wie bei einem Gelehrten! Aber ich versichere Euch, Herr, es war ein Bock von erstem Geweih.

HOLOFERNES: Herr Nathaniel, un grand coup!

DUMM: Das war doch keine kranke Kuh! Das war ein Spießbock!

HOLOFERNES: Was für eine barbarische Intimation! Wirklich, eine Art Insinuation, sozusagen in via, auf dem Wege des Explizierens, eine Replik facere, zu machen, oder, besser gesagt, ostentare, zu zeigen, wozu er sozusagen inkliniert – nach seiner unerzogenen, unpolierten, ungebildeten, ungehobelten, ungeschulten oder doch recht unbelesenen und noch rechter unbestätigten Art, um noch einmal meinen grand coup für eine Hirschkuh einzusetzen.

DUMM: Ich habe gesagt, der Hirsch war nicht eine kranke Kuh, er war ein Spießbock.

HOLOFERNES: Oh zweimal hartgesottene Einfalt! Bis coctus! – Ach, du Ungeheuer Unwissenheit, wie entsetzlich siehst du aus!

NATHANIEL: Herr, die Genüsse eines Buches waren nie noch sein Schmaus! Er hat sozusagen noch nie Papier gegessen. Er hat noch nie Tinte getrunken: Sein Verstand ist nicht von neuem ergänzt worden; er ist nur ein Tier, sein Sinn liegt einzig und allein in den weniger edlen Teilen.
Und solch unfruchtbare Pflanzen sind vor uns gestellt,
Damit wir Gott danken, daß unser Los besser ausfällt.
Denn wie mir's schlecht anstünde, ein Stutzer zu sein,
So könnt' er ein Student doch wohl nur sein zum Schein.
Doch ich sag omne bene, denn ich denk wie die Alten:
Auch wer gar nicht den Wind liebt, kann das Wetter aushalten.

DUMM: Ihr seid zwei Buchgelehrte. Drum halt!
Ich hab stets mir den Kopf zerbrochen:
Was war bei Kains Geburt, einen Monat alt
Und ist jetzt noch keine fünf Wochen?

HOLOFERNES: Dictynna, mein guter Dumm; Dictynna, mein guter Dumm.

DUMM: Was ist Dictynna? Ein Titel für Phoebe, für Luna, für den Mond.

HOLOFERNES:
Der Mond war einen Monat alt, als Adam nicht älter war
Und reichte keine fünf Wochen, als Adam zählt' hundert Jahr.
Die Anspielung bleibt gültig, auch wenn die Worte Platz tauschen.

DUMM: Das ist wahr: Die Anspülung bleibt gültig, auch wenn die platten Worte tauschen.

HOLOFERNES: Gott stärke deine Fähigkeiten! Ich habe gesagt, die Anspielung bleibt gültig, auch wenn die Worte Platz tauschen.

DUMM: Und ich habe gesagt, die Ausspülung bleibt gültig, auch wenn die platten Worte täuschen, denn der Mond wird nie älter als einen Monat; und außerdem sage ich, es war ein Spießbock, den die Prinzessin zur Strecke gebracht hat.

HOLOFERNES: Herr Nathaniel, wollt Ihr einen Stegreifnachruf auf den Tod dieses Hirsches hören? Und um die Unwissenden bei Laune zu erhalten, habe ich den Hirsch, den die Prinzessin geschossen hat, einen Spießbock genannt.

NATHANIEL: Perge, werter Meister Holofernes, perge! Wenn es Euch nur beliebt, der Skurrilität zu entsagen.

HOLOFERNES: Ich will der Alliteration ein wenig Raum geben, denn das zeigt meine Geläufigkeit:
Die pirschende Prinzessin sprang und schoß den Bock, den schönen.
Wer sagt, er war schon wund? Nicht vor dem Schuß zum Schluß!
Die Hunde lechzten. Nimm das L, sein Ächzen noch zu höhnen,
Weil er mit Römisch L aus fünfzig Wunden bluten, fluten muß.
Doch Blut ist Blut, und Flut ist Flut. Ich schieß 'nen stolzen Bock
Und reiß noch eine Wunde auf mit meinem Bolzenpflock.

NATHANIEL: Hinreißend scharf!

DUMM: Wenn das scharf ist wie eine Klaue, dann seht nur, wie er sich wundkaut an dem, was er da geklaut hat! Das darf man doch gar nicht in den Mund nehmen!

HOLOFERNES: Das ist mir aber immer mundgerecht, ganz einfach meine Natur: ein üppig ausschweifender Sinn, voll von Formen, Figuren, Bildern, Objekten, Ideen, Ahnungen, Bewegungen, Revolutionen. Sie alle werden im Gefäß des Gedächtnisses empfangen, im Schoße der pia mater ernährt und bei reifer Gelegenheit zur Welt gebracht. Aber bei denen, bei denen diese Neigung vortrefflich ausgebildet ist, ist sie gut, und ich bin dankbar dafür.

NATHANIEL: Mein Herr, ich danke dem Herrgott für Euch, und das sollen auch meine Pfarrkinder; denn ihren Söhnen seid Ihr ein guter Pädagog, und ihre Töchter entfalten sich üppig unter Euch: Ihr seid ein gutes Glied der Gemeinde!

HOLOFERNES: Mehercle! Wenn ihre Söhne ein Organ dafür haben, so will ich mein Teil dazutun; und wenn ihre Töchter das nötige Fassungsvermögen haben, so will ichs ihnen schon einverleiben. Aber vir sapit qui pauca loquitur. – Eine weibliche Seele grüßt uns!

Jaquenetta und Schädel treten auf

JAQUENETTA: Gott schenk Euch einen schön' guten Morgen, Hochwerden!

HOLOFERNES: Hochwerden? Das heißt hoch werden. Und wenn das so sein soll, wer soll denn wo hoch werden?

SCHÄDEL: Ah, Meister Schulmeister, der einem Schweinskopf am ähnlichsten ist.

HOLOFERNES: Da geht's ja hoch her, wenn Euch ein Schweinskopf hochkommt! Ein glanzvoller Funke von Witz in einem Erdenkloß! Feuer genug für einen Feuerstein, Perle genug für eine Sau! Wirklich schön!

JAQUENETTA: Guter Herr Hochwerden, seid so gut und lest mir diesen Brief vor! Schädel hat ihn mir gegeben, und Don Armado hat ihn mir geschickt. Bitt Euch, lest ihn mir.

HOLOFERNES: Facile precor gelida quando pecus omne sub umbra Ruminat, und so weiter. Ah, guter alter Mantuanus! Ich darf von dir sprechen wie der Wanderer von Venedig:
Venetia, Venetia
Chi non ti vede, non ti pregia.
Alter Mantuanus! Alter Mantuanus! Wer dich nicht versteht! Wer dich nicht liebt! Ut, re, sol, la, mi, fa! Verzeiht mir, Herr! Was ist der Inhalt, oder besser gesagt, wie Horatius es sagt in seinen – na, was denn? – In seinen Versen…

NATHANIEL: Ja, Herr, Versen, und sehr gelehrten Versen.

HOLOFERNES: Laßt mich hören: einen Vers! Eine Strophe! Lege, domine!

Nathaniel *(liest)*:

Macht Lieb mich schwören falsch, wie soll ich Liebe schwören?
O, was hielt Treu, wenn nicht, was man der Schönheit schwor?
Schwör ich mir selbst auch falsch, treu will ich dir gehören,
Mein Kopf, wie Eichen fest, beugt dir sich, schwank wie Rohr.
Der Fleiß verläßt sein Werk: Sein Buch sind deine Augen,
Wo alle Wonne wohnt, die je die Kunst begehrt.
Gilt's Kenntnisse? Dich kennen, muß wohl taugen.
Die Zunge, die dich rühmt, die ist genug gelehrt.

Wer dich nicht anstaunt, hat nicht Weisheit und nicht Witz!
Wohl mir, denn alles an dir ist mir teuer.
Dein Mund donnert wie Zeus. Dein Aug hat seinen Blitz,
Doch, zürnst du nicht, Musik dein Mund und süßes Feuer.
Und bist du himmlisch auch, verzeih doch meiner Zungen,
Daß sie dein Himmelslob so erdenschwer gesungen.

HOLOFERNES: Ihr findet nicht die Apostrophen, und so verfehlt Ihr den Akzent. Laßt mich die Canzonetta ansehen. Hier ist nur die Silbenzahl eingehalten, aber was die Eleganz, die Leichtigkeit und die goldene Kadenz der Poesie betrifft, *caret*! Ovidius Naso war der rechte Mann, und warum wohl Naso als nur, weil er die wohlriechenden Blumen der Phantasie aufzuspüren verstand, die Sprünge der Einbildungskraft. *Imitare*, das heißt gar nichts. Das tut der Hund mit seinem Herrn, der Affe mit seinem Wärter, das müde Pferd mit seinem Reiter. – Aber, Jungfer Damosella, war das an Euch gerichtet?

JAQUENETTA: Ja, Herr. Von einem Monsieur Biron, einem von der fremden Königin ihren Hofherren.

HOLOFERNES: Die Überschrift »An die schneeweiße Hand des allerschönsten Fräuleins Rosaline« will ich übersehen, wohingegen ich auf den Inhalt des Briefes blicken will, um zu sehen, wo der Schreiber desselben der Person, an die es gerichtet ist, seinen Namen nennt:
»Euer gnädigen Frau zu allen Diensten bereiter Biron.«
Herr Nathaniel, dieser Biron ist einer von denen, die mit dem König das Gelübde abgelegt haben, und hier hat er einen Brief an eine Dame aus dem Gefolge der fremden Königstochter geschrieben, der durch Zufall oder durch eine Verwechslung falsch bestellt wurde. – Hoppla, hoppla, mein Schatz! Leg dieses Papier in die Hand Seiner Majestät des Königs; vielleicht ist viel an ihm gelegen. Vertu keine Zeit mit Grüßen, ich erlasse sie dir. Adieu!

JAQUENETTA: Geh mit mir, lieber Schädel! – Gott zum Gruß, Herr!

SCHÄDEL: Ich komm schon, Mädel! *Mit Jaquenetta ab*

NATHANIEL: Herr, da habt Ihr als ein gottesfürchtiger und rechtgläubiger Christ gehandelt, und wie ein gewisser Kirchenvater sagt, – – –

HOLOFERNES: Herr, sprecht mir nur von keinem Vater; vor so abfärbenden Farben hab ich Angst. Aber kommen wir auf die Verse zurück: haben sie Euch gefallen, Herr Nathaniel?

Nathaniel: Außerordentlich gut geschrieben!

Holofernes: Ich bin heute beim Vater eines meiner Schüler zum Essen eingeladen, wo ich, falls es Euch beliebt, die Tafel vor der Mahlzeit mit einem Dankgebet zu Dank zu verpflichten, kraft meines Vorrechts, das ich bei den Eltern des oberwähnten Kindes oder Schülers genieße. Euren Willkommen auf mich nehmen will. Dort will ich beweisen, daß diese Verse höchst ungelehrt sind und weder den Geschmack der Poesie noch des Geistes noch der Phantasie besitzen. Ich bitte um Eure Gesellschaft.

Nathaniel: Und ich danke Euch, denn Gesellschaft, sagt die Schrift, ist das Glück des Lebens.

Holofernes: Und das steht fest! In diesem Punkte ist die Schrift wirklich unfehlbar. *(Zu Dumm)*: Herr, Euch lade ich auch ein. Ihr dürft mir nicht Nein sagen. Pauca verba! Kommt! Die Herrschaften sind auf der Jagd, und wir wollen uns gütlich tun. *Alle ab*

3. Szene

Biron tritt auf, mit einem Blatt Papier

Biron: Der König jagt das Wild; ich hetze mich selbst. Die sind auf ihre Netze erpicht, ich bin ins Netz gegangen und habe Pech. Pech besudelt – besudelt! – Ein ekelhaftes Wort. Gut, setz dich nieder, Kummer! Denn sie sagen, das hat der Narr gesagt, und ich sag das auch, und ich bin auch der Narr; gut bewiesen, Klugheit! Herrgott, diese Liebe ist so toll wie Ajax: sie tötet Schafe, sie tötet mich, mich Schaf: Nochmals gut bewiesen, was mich betrifft! Ich will nicht lieben; wenn doch, so hängt mich auf; wirklich wahr, ich will nicht. Ach, aber ihre Augen! – Bei diesem Licht, wenn nicht ihre Augen wären, ich würde sie nicht lieben. Ja, um dieser beiden Augen willen. Wirklich, ich tu nichts in dieser Welt als lügen, bis in meinen Hals hinein lügen. Beim Himmel, ich habe sie aber lieb, und diese Liebe hat mich reimen und melancholisch sein gelehrt. Und ist ein Teil meiner Reime und meiner Melancholie. Schön, eines meiner Sonette hat sie schon: der Clown hat's überbracht, der Narr hat's geschickt, und das Fräulein hat es: süßer Clown, süßerer Narr, süßestes Fräulein! Bei dieser Welt, ich hätt gar nichts dagegen, wenn die drei andern auch so weit wären. Hier kommt einer mit einem Papier; Gott geb ihm Gnade zu seufzen! *Geht zur Seite*

KÖNIG: Ach, ich Armer! *König tritt mit einem Blatt Papier auf*

BIRON *(beiseite)*: Angeschossen, beim Himmel! Nur weiter, lieber Cupido! Du hast ihm mit deinem Vogelbeizen eins unter die linke Brust verpaßt! Meiner Treu, Geheimnisse!

KÖNIG *(liest)*: »So süß küßt selbst die goldne Sonne nicht
Den frischen Morgentau, der auf der Rose sprießt,
Als wie dein Aug, des frischer Strahl zerbricht
Den Nachttau, der auf deiner Wange fließt.

Auch scheint der Silbermond nicht halb so hell
Im tiefen Meeresbusen klar und rein,
Wie dein Gesicht durch meiner Tränen Quell:
Du glänzt in jeder Träne, die ich wein.

Kein Tropfen, der als Kutsche nicht dich trägt,
So fährst du im Triumphzug durch mein Leid.
Sieh nur der Tränen Flut, von dir erregt,
Dann zeigt mein Leiden deine Lieblichkeit.

Doch lieb dich nicht nur selbst: Mach nicht aus meinen
Tränen nur Spiegel, mach mich nicht mehr weinen!
Der Fürstinnen Fürstin, du! Wer weiß wie schön Du bist!
Das kann kein Menschenmund gestehn!«

Wie klag ich ihr mein Leid? – Fall hier, du Blatt!
Umschattet, süße Blätter, mich, den Toren.
Wer kommt? *Geht zur Seite*

Longaville, mit einigen Blättern, tritt auf

Was, Longaville? – Horcht, meine Ohren!

BIRON *(beiseite)*: Leibhaftig: Nun, so sind schon drei verloren!

LONGAVILLE: Weh mir! Ich hab den Schwur gebrochen!

BIRON *(beiseite)*: Ach, da kommt er wie der arme Sünder mit dem Beichtzettel.

KÖNIG: Ich hoff, verliebt! Geteiltes Leid ist's bald.

BIRON *(beiseite)*: Ein Trinker findet an dem andern Halt!

LONGAVILLE: Muß ich der erste, der den Eid bricht, sein?

BIRON *(beiseite)*: Ich könnt dich trösten; ich weiß schon von zwein.
Du drittes Blatt im Klee, du dritter Triumvir,
Dreifacher Liebesgalgen, da Schwäche triumphiert!
LONGAVILLE: O stumpfe Verse, ihr rührt sie wohl nie.
O meiner Liebe Herrin, schön Marie!
Nein, ich zerreiße das und schreib in Prosa.
BIRON *(beiseite)*: Reime sind Knöpfe an Cupidos Hose.
Verunstalt nicht sein Kleid!
LONGAVILLE: So geht's noch an.
(Liest): »Mußt' nicht die himmlische Rhetorik deiner Augen,
Der keine Macht der Welt begegnen kann,
Mich so zum Meineid zu verleiten taugen?
Eidbruch um Dich verdient nicht Acht und Bann.

Dem Weib nur schwor ich ab, was mich nicht hält
Dir, Göttin, fern: Mein Schwur entsagt nicht dir!
Du bist vom Himmel, er galt nur der Welt,
Und deine Huld löst alle Schuld von mir.

Ein Schwur ist nur ein Hauch, ein Hauch ist Dunst.
Du, schöne Sonne, scheinst auf meine Erde
Und ziehst den Dunst an dich in deine Brunst.
Ich bin nicht schuld, wenn ich meineidig werde,
Denn jeder Narr war klug genug für dies:
Verlier den Eid, gewinn ein Paradies!«
BIRON *(beiseite)*: Das Fleisch wird Gottheit durch die Herzensraserei!
Das Gänschen Göttin durch Abgötterei!
Gott helf uns! Gott! So weit sind wir gekommen! –
LONGAVILLE:
Wie schick ich ihr's? – Wer kommt? – Reißaus genommen!
Versteckt sich
BIRON *(beiseite)*: Ein Kinderspiel! Versteckt euch nach der Reih!
Ich sitz hier wie ein Halbgott in der Höh,
Daß ich der armen Narrn Geheimnis seh.
Mehr Säcke noch zur Mühle? – – Was ist dies?
Dumain! Auch er! – Vier Schnepfen nun am Spieß!
Dumain kommt mit einem Blatt Papier
DUMAIN: O du göttliche Kathrine!

BIRON *(beiseite)*: O du weltlicher Tropf!
DUMAIN: Beim Himmel! Himmlisch nur sind ihre Züge!
BIRON *(beiseite)*: Bei dieser Welt! Höchst irdisch! Keine Lüge!
DUMAIN: Ihr Ambrahaar beschämt den Ambra selber.
BIRON *(beiseite)*: Ein ambrafarbener Rabe wär noch gelber!
DUMAIN: Schlank wie 'ne Zeder!
BIRON *(beiseite)*: Ihre Schulter mag
Vielleicht schon schwanger sein!
DUMAIN: Schön wie der Tag!
BIRON *(beiseite)*: Ja, mancher Tag: nur darf nicht Sonne scheinen!
DUMAIN: Hätt ich doch meinen Wunsch!
LONGAVILLE *(beiseite)*: Hätt ich doch meinen!
KÖNIG *(beiseite)*: Erhöre meinen Wunsch, Herrgott da oben!
BIRON *(beiseite)*: Amen! Und meinen auch. Und Dank Dir droben!
DUMAIN: Ich wollt vergessen. Doch wie Fieber hängt
Sie mir im Blut, so daß man an sie denkt.
BIRON *(beiseite)*: Fieber im Blut: Du mußt zur Ader lassen,
Dann fang den Wahn schön auf in Untertassen!
DUMAIN: Nochmals die Ode, die ich ihr erdachte.
BIRON *(beiseite)*: Nochmals ein Mann, den Liebe närrisch machte!
DUMAIN: Nochmals les ich, was ich ihr hier geschrieben.
BIRON *(beiseite)*: Nochmals seh ich, wie dumm man wird vom Lieben.
DUMAIN *(liest)*: »In der Liebe Monat Mai
Brach ein Tag mein Herz entzwei:
Ich sah eine Blüte schön
In den linden Lüften wehn;
Durch der samtnen Blätter Duft
Dringt so unsichtbar die Luft,
Daß ein Mann in Liebespein
Auch wünscht, Himmelshauch zu sein.
Luft, sagt er, küßt ihre Wangen:
Ach, danach hab ich Verlangen!
Weh, mich hält ein Schwur zurück,
Daß ich nicht vom Dorn dich pflück.
Jugend, die gern Blüten bricht,
Schwöre solche Schwüre nicht!
O verzeihe mir, Natur!
Dir zulieb brech ich den Schwur! –

Dir zulieb schwür Zeus den Schwur,
Juno sei 'ne Mohrin nur;
Er wollt' dem Olymp abschwören
Um als Mensch dir zu gehören.«
Das schick ich ihr und will noch deutlicher malen
Ihr meiner treuen Liebe Hungerqualen.
Ach, wär'n der König, Biron, Longaville
Doch auch verliebt. Das Beispiel hülfe viel.
Ich wär den falschen Schwur los, der mich drückt.
Wer sündigt dort, wo alle Magie berückt?

LONGAVILLE *(tritt hervor)*:
Dumain, du hast nicht Nächstenlieb im Herzen,
Daß du Gesellschaft suchst für deine Schmerzen!
Ja, du bist blaß; doch ich, ich würde erröten,
Wär ich ertappt wie du beim Übertreten!

KÖNIG *(tritt vor)*: So werd nur rot, Freund! Du treibst's ganz wie er:
Ihn schimpfst du aus und sündigst doppelt schwer.
Du liebst wohl nicht Maria? Longaville
Schrieb nie ihr ein Sonett in hohem Stil,
Wer sah dich überm Herz die Arme falten,
Nur um dein Herzklopfen im Zaum zu halten?
Hier im Gebüsch, des Laub mir Deckung bot,
Sah ich euch zwei und wurde zweifach rot (und werd für beide rot!)
Ich hörte eurer sündhaften Reime Krampf,
Sah eure Leidenschaft und eurer Seufzer Klang,
Der fleht zu Zeus, der stöhnt mit lautem Schall;
»O Goldhaar!« – »O ihr Augen aus Kristall!«
(Zu Longaville): Ums Paradies brächt ihr den Schwur noch heut!«
(Zu Dumain) Und Eurem Schatz zulieb bräch Zeus 'nen Eid!?
Was wird Biron wohl sagen, wenn er hört,
Man bricht den Eid, den man so eifrig schwört?
Wie der dann höhnt und seine Witze macht
Und springt vor Freude, wenn er euch verlacht!
Um keinen Reichtum, den ich je gesehn,
Wollt ich vor ihm je so entlarvt dastehn.

BIRON *(tritt vor)*: Nun tret ich vor, die Heuchelei zu strafen.
Mein Lehnsherr! Ach, verzeih du deinem Sklaven!
Doch, hohes Herz, du schmähst die Würmelein,

Und bist doch der Verliebteste von Drein!
Ist nicht dein Aug ein Wagen, ist sein Tau
Denn nicht der Spiegel einer fürstlichen Frau?
Nein, du brichst keinen Schwur, das wäre schlecht.
Nur Bänkelsänger dichten! Hab ich recht?
Doch schämt ihr euch nicht, sagt mir, wirklich nicht?
Ihr alle drei ließt ab von eurer Pflicht.
Ihr saht den Splitter seines Augs, Ihr seinen,
Mir will's in jedem Aug ein Balken scheinen.
Ach, welch ein Narrenspiel muß ich hier sehn,
Voll Seufzen, Stöhnen, Leid- und Lieb-Gestehn;
Beim Himmel! Wie geduldig saß ich da,
Als ich den König gar als Mücke sah,
Herkules, wie er einen Kreisel trieb,
Salomo nahm mit einem Tanz vorlieb,
Nestor spielte mit Knaben Kinderspiele
Und Timon lachte, als ob ihm das gefiele!
Wo plagt dich Schmerz? Mein Freund Dumain, gesteh!
Und, lieber Longaville, wo ist dir weh?
Und Euch, mein Lehnsherr? Allen drein ums Herz?
Schnell Glühwein her!

KÖNIG: Zu bitter ist dein Scherz,
Sind wir verraten, weil Biron uns sah?

BIRON: Nein, mich verrät das, was durch euch geschah.
Denn ich bin treu; ich halt's für Sünd und Schand,
Den Eid zu brechen, durch den ich mich band;
Ich bin verraten, denn ich gab die Hand
Männern, dem Mond gleich launisch, ohn' Bestand.
Wann seht ihr mich denn solche Reime schreiben,
Nach Schönen stöhnen, mir die Zeit vertreiben
Mit Putz? Wann hörtet ihr, daß ich den Gang,
Den Wuchs, die Stirn, Brust, Taille je besang,
Gesicht, Aug, Glieder …

KÖNIG: Halt, wo läufst du hin?
Heißt Tugend oder Laster dich uns fliehn?

BIRON: Ich flieh die Lieb'. – Verliebte, laß mich ziehn!

Jaquenetta und Schädel kommen

JAQUENETTA: Gott segn' den König!

KÖNIG: Nun, was bringst du mir?
SCHÄDEL: Nur einen Unfug.
KÖNIG: Was tut Unfug hier?
SCHÄDEL: Nichts tut er, Herr.
KÖNIG: Dann tut er nichts zuleide.
Du und der Unfug, geht in Frieden, beide!
JAQUENETTA: Ich bitt Euer Gnaden, laßt den Brief doch lesen!
Hochwürden sagt, es sei grober Unfug gewesen.
KÖNIG: Biron, lies ihn durch. *Biron liest*
Wo hast du ihn her?
JAQUENETTA: Von Schädel.
KÖNIG *(zu Schädel)*: Wo hast du ihn her?
SCHÄDEL: Von Dumm Adramadio, von Dumm Adramadio.
KÖNIG: Was ist denn? Was soll's? Was hast du ihn zerrissen?
BIRON: Ein Nichts, Herr! Ein Nichts, das nicht lohnt, es zu wissen.
LONGAVILLE: Es hat ihn erregt, Herr. Wir wollten's nicht missen.
DUMAIN *(hebt die Stücke auf)*:
Es ist von Biron! Hier von ihm auch signiert!
BIRON *(zu Schädel)*:
Du Hurensohn! Dummkopf! Du hast mich blamiert! –
Schuldig, Herr! Schuldig! Ich selbst zeig mich an!
KÖNIG: Wessen?
BIRON: Daß ich der vierte Narr bin im Gespann.
Der, der, und Ihr, Fürst, und ich sind wie Diebe:
Alle ertappt, reif zum Galgen der Liebe.
Heißt die zwei gehn; dann hört alles von mir.
DUMAIN: Jetzt ist die Zahl grad!
BIRON: Ja, ja. Wir sind vier. Schickt die Turteltauben weg!
KÖNIG: Ihr zwei, macht euch fort!
SCHÄDEL: Die Ehrlichen gehn, der Unfug bleibt dort.
Geht mit Jaquenetta ab
BIRON: Ihr lieben Herrn und Liebenden, seid umarmt!
Wir sind so treu wie Fleisch und Blut sein kann.
Meer braust, die Sonne strahlt, die sich erbarmt:
Jung Blut fügt sich so leicht nicht altem Bann.
Denn wer besiegt die Kraft, die uns geboren?
Drum haben alle wir umsonst geschworen.
KÖNIG *(zeigt auf das Blatt)*: So stehn hier deine Liebesverse drauf?

Biron: Ja, Herr. Wer sah zu Rosaline auf,
Und würde nicht, gleich jenem wilden Inder,
Wenn sich der Morgen zeigt im Strahlenglanz
Den Kopf zu Boden neigen wie ein Blinder,
Die Erde küssen, ihr ergeben ganz?!
Welches vermessene Adlerauge wendet
Zu ihrer Augen Sonne sich empor
Das ihre Majestät nicht völlig blendet?
König: So feurig sah ich dich noch nie zuvor!
Mein Schatz, die Fürstin, strahlt hell wie der Mond.
Sie ist ein Sternlein nur und kaum zu sehn.
Biron: Dann ist mein Aug kein Aug, ich nicht Biron,
Ohne mein Lieb müßt Tageslicht vergehn!
Ach! Aller Schönheit Quintessenz und Glanz
Prangt insgesamt in ihren samtenen Zügen
Drinn alle Schönheit sich vereinigt ganz.
Ja, jeder Reiz muß sich dem ihren fügen!
Leiht mir den letzten Schliff der Rednerkunst –
Pfui, falsche Rednerkunst, die braucht dich nicht! –
Denn sie steht jenseits jedes Käufers Gunst,
Hoch über allem Lob im eignen Licht!
Ein dürrer alter Mönch von hundert Jahren
Wirft fünfzig ab, wenn ihn ihr Blick nur streift;
Schönheit verjüngt uns so mit Haut und Haaren,
Daß selbst der Greis nach Kinderspielzeug greift.
Sie ist die Sonne, unser Strahlenstern!
König: Bei Gott, dein Schatz ist schwarz wie Ebenholz!
Biron: Ist Ebenholz wie sie? O Holz des Herrn!
Ein Weib aus dir geschnitzt wär all mein Stolz!
Oh, eine Bibel her! Ich will bezeugen,
Daß jeder Schönheit alle Schönheit fehlt,
Wenn sie nicht lernt, der ihren sich zu beugen,
Daß ihrer Schwärze Strahl sich ihr vermählt!
König: O Paradox! Schwarz ist der Hölle Mal,
Des Kerkers Farbe und der Hof der Nacht.
Des Himmels Helmzier ist der helle Strahl!
Biron: Der Teufel borgt gern heller Engel Tracht!
Wenn Schwarz die Stirne meiner Dame deckt,

Trauert sie nur, daß Schminke und falsches Haar
Verliebte täuscht; das wird mit List bezweckt.
Doch seit sie lebt, wird Schwarz uns wunderbar:
Die Mode muß nach ihrer Schönheit gehn,
Natürliches Blut, das schimpft man Schminke nun,
Und Rot muß sich, damit wir es nicht schmähn,
Schwarz färben, ihrem Haar es gleichzutun,

DUMAIN: Ihr gleich zu sein, sind schwarz die Schornsteinfeger!

LONGAVILLE: Seit sie erschien, schimpft man die Köhler licht!

KÖNIG: Mit ihrer herrlichen Farbe prahlt der Neger!

DUMAIN: So ist die Nacht hell! Kerzen braucht man nicht!

BIRON: Ha, eure Damen fürchten sich vor Regen,
Der könnt an ihrer hellen Schminke naschen!

KÖNIG: Der Euren, Biron, käm er sehr gelegen:
Was Ihr so schön nennt, nenn ich ungewaschen.

BIRON: Schön nenne ich sie bis zum Jüngsten Tag!

KÖNIG: Dann schreckt dich so wie sie der Teufel nicht!

DUMAIN: Wie man nur Schmutz so überschätzen mag?

LONGAVILLE: Dein Schatz!? – Mein Schuh sieht aus wie ihr Gesicht!
Hebt den Schuh

BIRON: Ach, wären deine Augen Straßenpflaster,
Ihr Fuß wär viel zu gut, darauf zu gehn!

DUMAIN: Pfui! Und die Straße müßte dann ihr Laster,
Das oben geht, von unten her erspähn!

KÖNIG: Wir alle lieben ja; der Zank soll schweigen.

BIRON: Ja, das steht fest: meineidig alle vier!

KÖNIG: Dann laßt den Unsinn! – Du, Biron, sollst zeigen,
Daß Liebe treu ist und kein Treubruch hier.

DUMAIN: Ja, gute Worte unserm bösen Tun!

LONGAVILLE: Ja, zeig uns Vorbilder, was man da tut!
Zeig Pfiffe, Kniffe, die den Teufel prellen!

DUMAIN: Salbe für Meineide!

BIRON: Die war wohl gut!
Nun, wollt euch ritterlich zum Kampfe stellen!
Bedenkt, was ihr zuerst geschworen habt,
Fasten, Studieren, keine Frauen sehen.
Das war Verrat am Königreich der Jugend!
Fasten? Ist euer Magen nicht zu jung?

Zudem, Enthaltsamkeit erzeugt nur Krankheit.
Und euren Schwur, ihr Herren, zu studieren,
Den habt ihr gegen euer Buch geschworen!
Könnt ihr denn sitzen, dieser Welt verloren?
Wann hättet Ihr denn, Herr, und Ihr, und Ihr
Den Wesensgrund der Wissenschaft gefunden
Ohne die Schönheit eines Fraungesichts?
Von Frauenaugen hab ich diese Lehre:
Sie sind der Grund, die Bücher, hohen Schulen,
Denen Prometheus' wahre Glut entspringt.
Wirklich, das ewige Büffeln, das vergiftet
Die frischen Lebensgeister in den Adern
So wie zu lange Müh und Überspanntheit
Die Muskelkraft des Wanderers zerstört. –
Und was den Schwur gilt, keine Frau zu sehen,
Habt ihr den eignen Augen abgeschworen
Und auch dem Studium, Eurer Schwüre Grund:
Denn wo wär je ein Autor in der Welt,
Der uns so Schönheit lehrt wie Frauenaugen?
Wissen ist nur ein Anhang von uns selbst,
Und wo wir sind, dort ist auch unser Wissen.
Und wenn wir uns in Frauenaugen sehen,
Sehn wir da nicht auch unser Wissen mit?
Ihr Herren, als wir Studien gelobten,
Entsagten wir mit dem Gelübd' den Büchern.
Wie hättet Ihr, mein König, Ihr und Ihr,
In bleiernem Grübeln ein so feuriges
Gedicht erdacht, wie's euch die regen Augen
Euerer schönen Damen eingegeben?
All andres Wissen bleibt allein im Kopfe,
Und seine unfruchtbaren Jünger finden
Für ihre schwere Müh kaum eine Ernte.
Doch Liebe, erst erlernt in Frauenaugen,
Lebt nicht nur eingemauert im Gehirn,
Nein, kreist mit aller Elemente Regung,
Mit aller Kraft so schnell wie der Gedanke,
Und jeder Kraft verleiht sie doppelt Kraft,
Weit mehr als sonst ihr Amt und Wirken wäre.

Schärfere Sehkraft leiht sie jedem Auge;
Des Liebenden Aug schaut selbst den Adler blind;
Des Liebenden Ohr hört noch den leisesten Laut,
Wenn selbst des Diebes wachsam Ohr ertaubt scheint.
Die Liebe fühlt empfindlicher und feiner
Als selbst der Schnecke zartes weiches Fühlhorn,
Und ihr Geschmack ist so fein, daß selbst Bacchus
Dagegen plump scheint. Und ist Liebe nicht
An Mut ein Herkules; es schreckt sie kaum
Der Aufstieg auf der Hesperiden Baum.
Ihr Tiefsinn gleicht der Sphinx; an Wohllaut gar
Apollos Laute, bespannt mit seinem Haar.
Wenn Liebe spricht, macht aller Götter Stimme
Den Himmel träumerisch schwer vor Harmonie.
Kein Dichter wagt die Feder zu ergreifen,
Eh Liebesnot in seine Tinte floß.
Dann greift sein Vers selbst an das Ohr des Wilden
Und lehrt Tyrannen auch die milde Demut.
Aus Frauenaugen hab ich diese Lehre,
Die sprühn noch von Prometheus' wahrer Glut,
Sie sind die Bücher, Künste, hohen Schulen,
Die alle Welt enthalten, zeigen, nähren,
Und ohne sie ist keiner groß und weise.
Drum wart ihr Narrn, den Frauen abzuschwören,
Oder, bleibt ihr dabei, so seid ihr Narrn!
Aus Lieb zur Weisheit, die ein jeder Mann liebt,
Aus Lieb zur Lieb, die alle Männer liebt,
Männern zulieb, den Vätern aller Frauen,
Den Fraun zulieb, für die wir Männer sind,
Vernichten wir den Eid, um uns zu retten,
Denn retten wir den Eid, sind wir vernichtet!
Es ist höchst fromm, so meineidig zu werden,
Denn Nächstenliebe selbst gebietet uns dies,
Und wer wollt Lieb von Nächstenliebe trennen?
KÖNIG: Drum, mit Sankt Amor, Krieger, auf ins Feld!
BIRON: Die Fahnen vor, und drauf und dran, ihr Herrn!
Los, nieder mit dem Feind! Doch laßt euch raten,
Kommt so, daß euch der Sonne Glanz nicht blendet.

Longaville: Doch sagt im Ernst und ohne diese Flausen,
Soll'n wir um die französischen Fräulein werben?
König: Ja, und sie auch gewinnen! Wir ersinnen
Ein Festspiel jetzt für sie in ihren Zelten.
Biron: Erst führen wir sie aus dem Park hinüber,
Dann, auf dem Heimweg, nehme jeder Seine
Und führ sie an der Hand. Am Nachmittag
Erfreun wir sie mit schönen Festlichkeiten,
So gut es uns die kurze Zeit gestattet.
Denn Spiel und Tanz und lustige Maskerade
Gehn Amor selbst voran auf seinem Blumenpfade.
König: Fort, fort, laßt Zeit nicht ungenützt verstreichen,
Denn sie ist kurz und muß für uns doch reichen.
Biron: Allons! Die Unkrautsaat bringt kein Getreide.
Gerechtigkeit könnt allen gleich uns drohn.
Der Mädchen Leichtsinn straft vielleicht noch unsre Eide.
Wenn ja, ists unsrer Kupfermünzen rechter Lohn. *Alle ab*

Fünfter Akt

1. Szene

Holofernes, Nathaniel und Dumm treten auf

Holofernes: Satis quid sufficit.

Nathaniel: Ich preise Gott für Euch, Herr! Euer Tischgespräch war scharf und sinnig, unterhaltsam, ohne skurril zu sein, witzig ohne Gesuchtheit, kühn ohne Unverschämtheit; gelehrt ohne Dünkel und originell ohne Ketzerei. Ich hatte an einem dieser quondam Tage eine Konversation mit einem Herrn aus der Gesellschaft des Königs; sein Titel und Namen ist Don Adriano de Armado.

Holofernes: Novi hominem tanquam te: Sein Humor ist hochtrabend, seine Rede gebieterisch, seine Zunge scharf, sein Auge voll Ehrgeiz, sein Gang majestätisch und sein ganzes Verhalten eitel, lächerlich und aufgeblasen. Er ist zu gesucht, zu auserlesen, zu verschroben, zu ausländisch, wenn ich das sagen darf.

Nathaniel: Eine höchst originelle und treffende Beschreibung!

Holofernes: Er spinnt den Faden seiner Beredsamkeit länger aus, als der Vorrat seiner Gedanken reicht. Ich verabscheue solche fanatischen Phantasten, solche ungesellig pedantischen Gesellen; solche Folterknechte der Orthographie, die da Könich sagen statt König, Ferse statt Verse, Schuldturm statt Schulturm, weshalb statt wessenthalben. Das ist abscheußlich, wofür sie sagen würden abscheulich. Es macht mich demens, ne intelligis domine? Lunatisch, frenetisch!

Nathaniel: Laus Deo, bone intelligo.

Holofernes: Bone statt bene? Priscian ein wenig angeschlagen. Nun, laßt gut sein. *Armado, Motte, Schädel kommen*

Nathaniel: Videsne quis venit?

Holofernes: Video, et gaudeo.

Armado: Chaire, ha!

Holofernes: Quare »Chaire, ha« und nicht »Heureka«?

Armado:
Heureka, Mann des Friedens! Ich fand Euch zu guter Stunde!

Holofernes: Seid gegrüßt, höchst kriegerischer Herr!

Motte *(leise zu Schädel)*: Die sind auf einem großen Sprachgelage gewesen und haben die Brocken gestohlen.

Schädel: Oh, die essen schon lange aus dem Bettelkorb von Worten. Mich wundert nur, daß dein Herr dich nicht schon um ein Wort aufgegessen hat, denn du bist in ganzem noch nicht so lang wie das Wort honorificabilitudinitatibus: dich schluckt man leichter hinunter als ein Mandelschiffchen.

Motte: Still, das Läuten fängt an.

Armado *(zu Holofernes)*: Monsieur, seid Ihr kein Literat?

Motte: Ja. Er büffelt mit den Jungen. Er lehrt sie alle Lettern, von A–Z. Was ist AB, rückwärts buchstabiert, mit einem Horn auf dem Kopf?

Holofernes: Ba, pueritia – mit einem Horn.

Motte: Du bist's selbst, du einfältiges Schaf, mit deinen Hörnern! Da hört ihr den gelehrten Herrn!

Holofernes: Quis, quis? – Du Mitlaut, du!

Motte: Die erste Person des persönlichen Fürworts, wenn Ihr es sagt, oder die zweite und dritte, wenn wir es sagen.

Holofernes: Die erste Person? Nun, ich will's sagen: Ja, ich…

MOTTE: Das Schaf: »Ich das Schaf«. Die beiden folgenden sind derselben Meinung: du und er.

ARMADO: Nun bei den Salzwogen des Mediterraneums! Ein schöner Gegenstoß, eine herrliche Attacke mit scharfen Geisteswaffen, piff, paff, ins Schwarze getroffen! Das erfreut meinen Scharfsinn: wirklich geistreich!

MOTTE: Aus Kindermund, und ein alter Mann war an der Reih', ein alter Hahnrei.

HOLOFERNES: Ich bin nicht im Bilde, was das Bild bedeutet?

MOTTE: Hörner!

HOLOFERNES: Du disputierst wie ein Kind. Geh, peitsch deinen Kreisel!

MOTTE: Gebt mir Euer Horn, so will ich einen draus machen und eure Schande durch die ganze Gegend peitschen, manu cita. Einen Kreisel aus einem Hahnreihorn!

SCHÄDEL: Hätt ich nur einen Groschen in dieser Welt, du solltest ihn haben und dir dafür Pfefferkuchen kaufen! Halt, da ist ja genau der Lohn, den ich von deinem Herrn und Meister bekam, du Hellerbüchse von Scharfsinn, du Taubenei an Pfiffigkeit. Ach, wenn der Himmel gewollt hätte, daß du auch nur mein Bankert wärst, zu welch glücklichem Vater hättest du mich gemacht! Geh nur, du hasts im Dung-Ende, in den Fingerspitzen, wie man sagt.

HOLOFERNES: Ich rieche wieder falsches Latein: Dung-Ende für unguem.

ARMADO: Mann der Künste, präambuliere! Wir wollen uns absondern von den Barbaren! Unterweiset Ihr nicht die Jugend in der Freischule auf dem Gipfel des Berges?

HOLOFERNES: Oder mons, des Hügels.

ARMADO: Wie immer es Euch beliebt, den Berg zu nennen.

HOLOFERNES: Ich unterweise dort, sans question.

ARMADO: Herr, es ist des Königs allerwertestes Belieben, die Prinzessin in ihrem Zelt zu beglücken, und zwar im Hinterteil, den posterioribus des heutigen Tages, die das gemeine Volk Nachmittag nennt.

HOLOFERNES: Die posteriora des Tages, edelmütigster Ritter, das ist schicklich angemessen und höchst passend für den Nachmittag. Ein gut gewähltes, auserlesenes Wort, gerade recht für seinen Anlaß, des könnt Ihr sicher sein, Herr, des könnt Ihr sicher sein.

ARMADO: Der König ist ein edler Herr und mein Vertrauter, des könnt Ihr sicher sein, mein sehr guter Freund. Was im Vertrauen zwischen uns vorgeht, intim, davon wollen wir absehen –. Ich bitte dich, nicht solche Höflichkeiten, ich bitte dich, bedecke doch dein Haupt! – und abgesehen von anderen eindringlichen und sehr ernsten Unterfängnissen – aber auch davon wollen wir absehen – ich muß dir nämlich anvertrauen, wirklich, bei allem in der Welt, daß seine Hoheit öfters geruht, sich an meine armselige Schulter zu lehnen und mit seinem königlichen Finger, so, mit meinen Exkrementen hier sein Spiel zu treiben, mit meinen Schnurrbartspitzen. Aber, mein liebes Herz, auch davon wollen wir absehen. Bei allem in der Welt, ich erzähle da keine Märchen: es gibt gewisse, ganz ausbündige Ehren, die seine Majestät Don Armado zu erweisen geruht, seinem Kriegsmann, seinem Vielgereisten, der diese Welt gesehen hat: aber davon sieh ab. Das eigentliche Um und Auf von alledem ist aber – doch ich flehe dich an, sei verschwiegen, liebes Herz! – daß der König will, ich soll die Prinzessin, mein Lieber, mit einer ergötzlichen Exhibition, Schaustellung, Maskerade oder Feuerwerkskunst amüsieren. Nun, in Anbetracht dessen, daß der Herr Pfarrer und Euer Liebden selbst höchst tauglich sind zu solchen Ejaculationen und plötzlichen Ergüssen des Frohsinns, wenn ich das sagen darf, habe ich euch dies kundgetan in der Absicht, um eure Beihilfe zu bitten.

HOLOFERNES: Herr, da müßt Ihr die neun Wunder der Tapferkeit vorführen. Herr Nathaniel, was eine Kurzweil betrifft, eine Exhibition im Hinterteil des heutigen Tages, bei der mitwirken sollen und die der König befiehlt und dieser artige, illustre und gelehrte Ritter vor der Prinzessin veranstaltet, behaupte ich, nichts eignet sich so gut zur Vorführung wie die neun Wunder der Tapferkeit.

NATHANIEL: Wo findet Ihr Männer, würdig genug, sie darzustellen?

HOLOFERNES: Den Josua Ihr selbst; meine Wenigkeit oder dieser galante Ritter den Judas Maccabäus; dieser Schäfer hier, wegen seines gewaltigen Wuchses an Gliedern, soll Pompejus den Großen geben; der Page da den Herkules –

ARMADO: Verzeiht, Herr, ein Irrtum: er ist nicht groß genug für dieses großen Helden Daumen. Er ist nicht einmal so dick wie der Knauf seiner Keule.

HOLOFERNES: Komm ich wohl zu Worte?! Er soll den Herkules in seiner Minderjährigkeit darstellen. Sein Auftritt und Abtritt soll das

Erwürgen einer Schlange sein. Und dafür werde ich eine Apologie verfassen.

MOTTE: Ein ausgezeichneter Ausweg! Und wenn irgendwer von den Zuschauern zischt, dann ruft Ihr einfach: »Gut Herkules, erwürge diese Schlange!« Das ist der Weg, aus der Not eine Tugend zu machen, wenn auch nur wenige den Weg der Tugend gehen.

ARMADO: Und die übrigen Wunder an Tapferkeit?

HOLOFERNES: Drei davon spiel ich selbst!

MOTTE: Dreifach tapferer Herr!

ARMADO: Soll ich euch etwas anvertrauen?

HOLOFERNES: Wir sind ganz Ohr.

ARMADO: Wir wollen, wenn das nicht langt, eine Maskerade inszenieren. Ich bitt euch, kommt mit.

HOLOFERNES: Via! – Mein guter Dumm, du hast die ganze Zeit kein Wort gesagt.

DUMM: Auch keins verstanden, Herr.

HOLOFERNES: Allons! dann mußt du mitspielen.

DUMM: Ich kann bei einem Tanz mitmachen; oder ich will für die Wunder der Tapferkeit die kleine Trommel rühren, und die sollen einen Bauerntanz vollführen.

HOLOFERNES: Wirklich schön dumm, mein lieber Dumm! Auf, zu unserem Spiel! *Alle ab*

2. Szene *Die Prinzessin, Maria, Katharine und Rosaline treten auf*

PRINZESSIN: Kinder, wir werden reich sein, eh wir fahren,
Wenn sie so reichliche Geschenke schicken!
Ein Fräulein, ganz ummauert von Brillanten!
Seht sie, die schickt mir der verliebte König.

ROSALINE: Und schickte er damit nichts sonst, Prinzessin?

PRINZESSIN: Nichts sonst als das: soviel gereimte Liebe,
Wie sich auf ein Papier nur schreiben läßt,
Auf beiden Seiten, auch am Rand beschrieben,
Und gleich bei Amors Namen ist's besiegelt.

ROSALINE: Das Siegelwachs besiegelt Amors Wachstum!

Auch wenn er Kind blieb seit fünftausend Jahren.
KATHARINE: Ja doch zugleich ein lockerer Galgenschwengel.
ROSALINE: Ihr seid ihm feind: er raubt euch die Schwester.
KATHARINE: Schwermütig hat er sie gemacht, todtraurig,
So starb sie. Wär sie leicht wie ihr gewesen,
So munteren, frischen, schnell beschwingten Sinnes,
Sie wär wohl erst als Großmutter gestorben.
So geht's wohl euch, denn leichtes Herz lebt lange.
ROSALINE: Mäuschen, erhell uns doch dein dunkles Wort!
KATHARINE: Der leichte Sinn erhellt die dunkle Schönheit.
ROSALINE: Vielleicht mehr Licht, zu sehn, was du im Sinn hast?!
KATHARINE: Das Licht erlischt, wenn ihr dran zuviel zupft.
Drum laß ich, was ich sagte, lieber dunkel.
ROSALINE: Seht's, was ihr tut! Ihr tut's wohl gern im Dunkeln?
KATHARINE: Ihr tut es leicht bei Licht: ein helles Mädchen!
ROSALINE: Ich führ so leicht doch keinen hinters Licht!
KATHARINE: Und ich so schwer? Ich fall Euch wohl beschwerlich?
ROSALINE: Beschwerlich mir? Ihr seid zu leicht dafür!
PRINZESSIN: Schön schnell gespielt! Das flitzt nur hin und her!
Doch, Rosaline, auch Ihr habt ein Geschenk.
Von wem, was ist's?
ROSALINE: Ich wollt, Ihr wüßtet es.
Wär mein Gesicht so hell und schön wie Eures,
So wär auch mein Geschenk so groß. Da seht Ihr's!
Ja, Verse hab ich auch, dank Herrn Biron.
Die Füße stimmen; stimmte auch die Rechnung,
Ich wär die schönste Göttin dieser Welt,
Denn er vergleicht mich zwanzigtausend Schönen,
So malt er mir mein Bild in seinem Brief.
PRINZESSIN: Und ist es richtig?
ROSALINE: Die Buchstaben sind richtig, nicht das Lob.
PRINZESSIN: So strahlend hell wie Tinte! Ist es das?
KATHARINE: Hell wie das schwarze B nach rotem A.
ROSALINE: Ich pinsle dich! Das bleib ich dir nicht schuldig! Du roter
Goldbuchstab, schön aufzublättern,
Wär dein Gesicht nur nicht voll roter O's von Blattern.
PRINZESSIN: Die Blattern über diesen Witz, ihr Nattern!
Hört auf! – Kathrin, was hat Dumain gesandt?

KATHARINE: Mir? – Diesen Handschuh.
PRINZESSIN: Nur für eine Hand?
KATHARINE: Nein, zwei. Und einen Brief, in dem er schrieb
Viel tausend Verse voller treuer Lieb,
Bloß Heuchelei, von Herzen keine Spur,
Und stümperhaft und einfältig wie nur.
MARIA: Von Longaville hab ich die Perlenschnur,
Dazu ein viel zu langer Liebesschwur,
PRINZESSIN: Das scheint auch mir so. Sag, wünschst du dir nicht,
Die Schnur wär länger, kürzer sein Gedicht?
MARIA: Ja, das stünde mir schöner zu Gesicht.
PRINZESSIN: Wie klug wir sind, so über sie zu lachen!
ROSALINE: Wie dumm sie sind, sich lächerlich zu machen!
Ich zeig auch dem Biron noch ein, zwei Sachen;
Oh, wüßt ich nur, ich hätt ihn recht beim Kragen,
Ich ließ ihn schmeicheln, betteln, suchen, klagen,
Gespannt nach günstigen Augenblicken bangen,
In manchem Reim umsonst nach mir verlangen,
Mir Sklavendienste tun bei Tag und Nacht,
Noch stolz drauf, daß er mich so stolz gemacht!
Ich hätt die Oberhand in jedem Spiel,
Er wär mein Narr und ich sein Los und Ziel.
PRINZESSIN: Den Weisen fängt man leicht, der sich nicht hütet.
Nichts leichter, als daß Klugheit Torheit brütet.
Und all sein Wissen, aller Klugheit Schliff
Dient ihm dann nur als Steg aufs Narrenschiff.
ROSALINE: Auch junges Blut hat nicht so heiße Flammen
Wie Lust, die über Würde schlägt zusammen!
MARIA: Der Dummen Dummheit ist nie so verkehrt
Wie Liebe, die den Weisen dumm sein lehrt.
All seinen Witz kann er dann nur dran setzen,
Die Einfalt unentwegt zu überschätzen. *Boyet kommt*
PRINZESSIN: Boyet kommt! – Seht, wie dem das Lachen steht.
BOYET: Ich lach mich tot. Wo seid Ihr, Majestät?
PRINZESSIN: Was gibt's, Boyet?
BOYET: Hoheit, haltet Euch dran!
Rüstet euch, Mädchen, denn der Feind rückt an,
Mitten im Frieden! Amor kommt maskiert

Will überraschen und argumentiert.
Braucht euren Geist, weicht nicht um Haaresbreite!
Wenn nicht, verhüllt das Haupt und sucht voll Angst das Weite.
PRINZESSIN: Sankt Amor gegen Saint-Denis? – Spion,
Sag, wer die sind, die uns mit Seufzern drohn?
BOYET: Den kühlen Schatten dort der Sycomoren
Hatt' ich zu kurzer Ruhe mir erkoren,
Da plötzlich störten Stimmen meine Ruh,
Und diesem selben Schatten strebten zu
Der König samt Gefolge. Grade noch,
Daß ich mich heimlich ins Gebüsch verkroch.
So hört ich sie: Sie haben diskutiert,
Sie kommen Euch besuchen – und maskiert!
Ihr Herold ist ein Page, ein kleiner Fant,
Was er zu sagen hat, ist ihm bekannt.
Er wurde dort belehrt von einem jeden:
»So muß du dich dann halten, und so reden!«
Sie fürchten, Eurer Hoheit könnt's gelingen,
Durch Euren Blick ihn aus der Ruh zu bringen.
»Denn sie ist wie ein Engel anzuschauen«,
Sagt' ihm der König: »Du brauchst Selbstvertrauen!«
»Ein Engel ist nicht schlimm«, meinte drauf er.
»Angst hätt ich nur, wenn sie der Teufel wär.«
Sie lobten ihn, und alles hat gelacht,
Was diesen Jungen nur noch kecker macht.
Alles rieb sich die Hände, grinste, schwor,
So gut reden hörten sie nie zuvor.
Und einer schnalzte mit zwei Fingern fein:
»Wie's kommt, so kommt's: Wir werden Sieger sein!«
»Hurrah, der Tag ist unser!« schreit ein Tropf,
Ein andrer hüpft und fällt gleich auf den Kopf,
Da setzen sie sich alle hin ins Gras,
Denn ihr Gelächter war so ohne Maß,
Daß in die Tollheit dieser Festgenossen
Vor Leidenschaft auch ernste Tränen flössen.
PRINZESSIN: So kommen sie jetzt wirklich zu uns her?
BOYET: Gewiß, und zwar maskiert, in Pelzen schwer,
Als Russen, als ein Moskowiterheer.

Sie wollen tanzen, schöntun und parlieren,
Und jeder will eine von euch hofieren.
Sie denken nämlich, ihr seid leicht erkannt
An den Geschenken, die sie euch gesandt.
PRINZESSIN: Ja, wirklich? Das macht ihnen Müh, den Dummen!
Denn, Mädchen, wir wolln' uns jetzt gleich vermummen!
Und wir erfüllen keinem sein Verlangen,
Auch wenn sie flehn, zu sehen unsre Wangen!
Wart, Rosaline: Dies Geschenk trag du,
Dann fliegt der König dir als der Seinen zu.
Und das nimm du, und ich trag deines: Dann
Spricht mich Biron als Rosaline an.
Tauscht alle, rasch! So könnt ihr sie betören,
Und jeder soll der Falschen Falsches schwören.
ROSALINE: Kommt alle: Tragt die Zeichen deutlich sichtbar!
KATHARINE: Doch was wollt Ihr mit diesem Tausch bezwecken?
PRINZESSIN: Ihren Zweck zu durchkreuzen; sie zu necken.
Sie wollen doch nur uns zum besten haben.
Den Spieß drehn wir nun um dank ihrer Gaben.
Jeder wird seinen Herzenswunsch gestehn
Dem falschen Schatz; wenn wir sie nachher sehn
Und ohne Masken uns unter sie mischen,
Dann soll'n sie unserm Spotte nicht entwischen.
ROSALINE: Doch soll'n wir tanzen, wenn sie es verlangen?
PRINZESSIN: Nein, um den Tod nicht! Keinen Schritt gegangen!
Lauscht auch den einstudierten Reden nicht,
Nein, wendet euch gleich ab, wenn einer spricht.
BOYET: Mit solcher Schmach bringt ihr den Redner um:
Ihm reißt der Faden ab, und er wird stumm.
PRINZESSIN: Das will ich! Wenn's bei einem uns gelingt,
Kommt keiner mehr, der in die Bresche springt!
Denn das ist Spaß, wenn Spaß den Spaß besiegt:
Unsrer gewinnt und ihrer unterliegt.
Wir lachen die verhinderten Spieler aus,
Sie schämen sich und ziehn verhöhnt nach Haus.

Trompetenstoß draußen

BOYET: Ihre Trompete: Rasch! Staffiert euch aus!

Die Mädchen maskieren sich. König, Biron, Dumain, Longaville, als Russen verkleidet und maskiert treten auf, gefolgt von Motte, Musikanten, Gefolge

MOTTE: Vivat, die reichsten Schönheiten der Erde!
BOYET: Die Schönheit reicht nicht weiter als der Taft.
MOTTE: O frommer Kreis der allerschönsten Damen…
Die Mädchen wenden ihm den Rücken
Die Männeraugen jemals – Rücken schenkten…
BIRON: »Blicke« du Lümmel! »Blicke«.
MOTTE: Die Männeraugen jemals Blicke schenkten;
Aus –
BOYET: »Aus«! stimmt. Es ist wirklich aus.
MOTTE: Aus höchster Gnade, ihr Himmlischen, gewährt
Uns keinen Blick…
BIRON: »Einen Blick!«, Schurke!
MOTTE: Uns einen Blick aus den sonnhellen Augen… Aus den sonnhellen Augen…
BOYET: Sie geben auf das Schmeichelwort nicht Antwort!
Ihr müßtet sagen »tochterhellen Augen«.
MOTTE: Sie achten nicht auf mich, und das verwirrt mich.
BIRON: So sicher bist du? Pack dich fort, du Schlingel! *Motte ab*
PRINZESSIN: Was woll'n denn diese Fremden? Fragt sie, Boyet!
Wenn sie unsere Sprache sprechen, woll'n wir,
Daß einer uns schlicht vorträgt, was sie wünschen. –
Fragt, was sie woll'n!
BOYET: Was wollt ihr von der Fürstin?
BIRON: Nur ihre Gunst und friedlichen Empfang.
ROSALINE: Was wünschen sie?
BOYET: Nur Eure Gunst und friedlichen Empfang.
ROSALINE: Den hatten sie jetzt schon; so heißt sie gehn.
BOYET: Sie sagt, den hattet ihr jetzt schon; nun geht.
KÖNIG: Sag ihr, wir haben viele Meilen durchmessen,
Zu messen uns mit ihr im Tanz im Gras.
BOYET: Sie sagen, sie haben viele Meilen durchmessen,
Zu messen sich mit Euch im Tanz im Gras.
ROSALINE: Das stimmt nicht. Frag sie, wieviel Zoll sie rechnen
Auf eine Meile. Maßen sie so viele,
So ist das Maß von einer leicht zu nennen.

BOYET: Da ihr, um herzukommen, viele Meilen
Durchmessen habt, will die Prinzessin wissen,
Wieviele Zoll denn eine Meile hat.
BIRON: Sagt ihr, wir messen sie in müden Schritten.
BOYET: Sie hört es selbst.
ROSALINE: Und wieviel müde Schritte
In all den müden Meilen, die ihr maßt,
Habt ihr gebraucht zu einer einzigen Meile?
BIRON: Wir zählen nicht, was wir für euch vollbrachten:
Wir schulden euch so viel, unendlich viel,
Daß wir es ohne Rechnen leisten dürfen.
Schenkt uns die Sonne nur Eures Gesichts,
Daß wir sie anbeten, wie's Wilde tun.
ROSALINE: Nur Mond ist mein Gesicht, den Wolken hüllen.
KÖNIG: Gesegnete Wolken, die solchen Dienst erfüllen!
Komm, strahlender Mond, samt deinen Sternen gut:
Blick unumwölkt auf unsrer Tränen Flut.
ROSALINE: Fällt, armer Bettler, dir nichts besseres ein
Als nur im Wasser etwas Mondenschein?!
KÖNIG: Dann wollet Euch im Tanze mit uns messen!
Ihr macht uns flehn, drum flehn wir nicht vermessen.
ROSALINE: Spiel auf, Musik! – Doch schnell müßt ihr es tun!
Noch nicht! – Kein Tanz: dem Mond gleich wechsl' ich nun.
KÖNIG: Ihr wollt nicht tanzen? – Wie, so wandelbar?
ROSALINE: Der Mond ist nicht mehr, wie er grad noch war.
KÖNIG: Doch immer noch der Mond, und ich der Mann!
Musik! Laßt rühren Euch, willigt ein! *Musik*
ROSALINE: Sie rührt mein Ohr.
KÖNIG: Doch, bitt Euch, rührt ein Bein!
ROSALINE: Weil ihr als Fremde kamt, durch Zufall ganz,
Nicht spröd sein: Eure Hände! – Nein, kein Tanz!
KÖNIG: Wozu die Hand dann?
ROSALINE: Freund, zum Abschiedsgruß.
Knickst. Kinder! Angemessen ist der Schluß.
KÖNIG: Meßt euch im Tanz mit uns, ziert euch nicht so.
ROSALINE: Zu dem Preis werden wir des Kaufs nicht froh.
KÖNIG: Nennt euren Preis! Wie kaufen wir euch ein?
ROSALINE: Durch euer Gehn nur.

KÖNIG: Das kann niemals sein.
ROSALINE: Dann kauft uns nichts! – Mit Gott geht, aber gleich!
Wirft Kußhände
Zwei Eurer Maske, einen halben Euch!
KÖNIG: Wenn Ihr nicht tanzt, so sprecht mit mir noch mehr.
ROSALINE: Unter vier Augen, ja.
KÖNIG: Das freut mich sehr! *Sie gehen redend beiseite*
BIRON: Weißhändiger Schatz! Von dir ein süßes Wort!
PRINZESSIN: Milch, Zucker, Honig; das sind drei. Geht fort!
BIRON: Nein, zweimal würfeln! Und seid Ihr so fein!
Dann setz ich Met und Sekt und Malmsierwein!
Das ist schon sechsmal süß!
PRINZESSIN: Du Siebenmalsüß, Ade!
Da Ihr falsch spielt, spiel ich nicht mit. Ich geh.
BIRON: Ein Wort nur im Vertraun.
PRINZESSIN: Wenn ihr kein süßes sprecht.
BIRON: Du treibst mir Galle!
PRINZESSIN: Bitter!
BIRON: Drum grad recht. *Sie gehen weiter*
DUMAIN: Seid doch so gut, wechselt mit mir ein Wort!
MARIA: Sprecht!
DUMAIN: Schönes Fräulein!
MARIA: Wirklich? – Schöner Lord! –
Nehmt das fürs schöne Fräulein!
DUMAIN: Wenn's beliebt!
Hört ich noch gerne, was es weiter gibt. *Sie gehen redend weiter*
KATHARINE: Hat Eure Maske eine Zunge im Mund?
LONGAVILLE: Ich weiß den Grund, Fräulein, aus dem Ihr fragt.
KATHARINE: Nun und, mein Herr? Ich wüßt gern Euren Grund!
LONGAVILLE: Weil Ihr zwei Zungen in der Maske tragt.
Mit meiner stummen Maske teilt Ihr halb!
KATHARINE: Kalf, heißts in Holland. Ist das nicht ein Kalb?
LONGAVILLE: Ein Kalb mein Fräulein?
KATHARINE: Nein: Mein Herr ein Kalb!
LONGAVILLE: Teil dich ins Wort!
KATHARINE: Ich teil mit Euch nichts halb.
Nehmt's ganz, und hütet's: 'S wird ein Hornochs draus.
LONGAVILLE: Spielt mit dem Horn nicht! Das geht blutig aus!

Nein, keusches Fräulein! Nicht dies Spiel genießt!
KATHARINE: Dann sterbt als Kalb, noch eh das Horn Euch sprießt!
LONGAVILLE: Eh ich dahinsterb, ein Wort Euch allein!
KATHARINE: So blökt nur leis', der Metzger hört Euch schrein!

Sie gehen beiseite

BOYET: Spöttischer Mädchen Zungen sind wie Schneiden scharfer
Rasiermesser: Man sieht sie nicht
Das kleinste Haar selbst muß darunter leiden:
Sie spalten es. Auch wir: wenn eine spricht,
Sind wir besiegt von ihren feinen Spitzen
Die schneller als der Wind, als Pfeil und Kugeln flitzen.
ROSALINE: Brecht ab, brecht ab, Mädchen! Kein Wort mehr sagen!
BIRON: Bei Gott: Durch bloßen Spott total geschlagen!
KÖNIG: Lebt wohl, ihr Mädchen! Euer Witz war bitter!
PRINZESSIN: Zwanzig Adieus, ihr frostigen Moskowiter!

Herren und Gefolge ab

Sind das die Geister, die man so verehrt?
BOYET: Ein süßer Hauch von Euch löscht' ihre Kerzen!
ROSALINE: Hausbackne Geister sind's, von Fett beschwert.
PRINZESSIN: Ein etwas ärmliches Pack von Königsscherzen. Ob sich die ganze Schar heut nacht nicht hängt oder sich je zu demaskieren traut? –
Der mundfertige Biron war bedrängt.
ROSALINE: Ja, alle fühlten sich ganz schlimm durchschaut.
Der König weinte fast um ein guts Wort!
PRINZESSIN: Biron, der schwor sich fast um seine Haut!
MARIA: Dumain bot mir sein Schwert und seinen Dienst sofort.
Nein, sprach ich, point! Das hat ihn stumm gemacht.
KATHARINE: Longaville sagt, ich drück sein Herz bei Nacht
Wißt ihr, wie er mich nannte?
PRINZESSIN: Alb vielleicht?
KATHARINE: Ja, wirklich wahr!
PRINZESSIN: Geh, Krankheit, denn man lacht.
ROSALINE: Nun, größere Geister wären nicht so seicht.
Doch hört: Der König hat mir Lieb geschworen.
PRINZESSIN: Zu meinem Fuß ist's, daß ich Biron finde.
KATHARINE: Und Longaville hat meinen Dienst erkoren.
MARIA: Dumain ist mein, als wie des Baums die Rinde.

BOYET: Fürstin, ihr Schönen! Leiht mir Euer Ohr!
Sie kommen gleich zurück, ganz wie zuvor!
Sie werden ohne Masken vor euch stehn,
Denn Euern Spott woll'n sie nicht wiedersehn.
PRINZESSIN: Kommen sie wirklich?
BOYET: Ja, weiß Gott: sie kommen!
Vor Freude hüpfend, wenn auch noch benommen,
Von unsrem Streich, drum tauscht schnell Eure Gaben!
Und blüht gleich Rosen, wenn wir Sommer haben.
PRINZESSIN: Blüht? Blüht? Was meinst du?
BOYET: Mit den Masken doch
Sind Mädchen Rosen in der Knospe noch,
Doch wenn sie demaskiert damasken glühn!
PRINZESSIN: Laß, du verwirrst uns! Wie soll das jetzt sein:
Sie kommen ohne Masken, uns zu frein?!
ROSALINE: Madame, bleibt spöttisch, wenn mein Rat was gilt,
Ob sie nun offen kommen, ob verhüllt.
Wir sagen, Narren haben uns bedrängt,
Mit Russenpelz und Masken plump umhängt;
Wir wundern uns, warum in aller Welt
Die uns ihr schlechtes Spiel in unser Zelt
Samt ihren tölpelhaften Gesten brachten
Und uns soviel hinkende Verse machten.
BOYET: Fort, Damen, fort! Die Herrn sind in der Nähe!
PRINZESSIN: Husch, fort ins Zelt! Wie aufgescheuchte Rehe.
Alle Mädchen ab
König, Biron, Longaville und Dumain, in eigener Gestalt, treten auf
KÖNIG: Herr, Gott zum Gruß! Wo find ich die Prinzessin?
BOYET: Sie ging ins Zelt. Beliebt Eu'r Majestät
Mir einen Auftrag an sie zu bestellen?
KÖNIG: Erbittet ihr Gehör mir, auf ein Wort.
BOYET: Ja, gern; das sagt gewiß auch sie, Mylord. *Ab*
BIRON: Der Kerl pickt Witz auf wie die Tauben Korn
Und läßt ihn los je nach des Herrgotts Zorn!
Er bringt den Witz als Kleinkram einzeln dann
Auf Messe, Markt und Festmahl an den Mann.
Und unsrem großen Witz will's nicht gelingen,
So vorteilhaft die Ware anzubringen.

Der Gute gängelt Mädchen wie an Schnüren:
Als Adam würde er selbst Eva verführen.
Blinzeln und lispeln kann er; seine Hände
Ermüden durch Kußhändchen ohne Ende.
Der Affe jeder Mode, Monsieur Zierlich,
Selbst auf die Würfel flucht er nur manierlich,
Wenn's ihm danebengeht. Er singt Tenor
Und stellt höchst anstellig die Leute vor.
Tu's nach, wer kann! Bei Fraun heißt er »der Süße«.
Die Treppe, die er steigt, küßt ihm die Füße!
Er ist das Blümchen, welches jedem lacht,
Wobei er weiße Walroßzähne macht,
Wer gern gerecht spricht auf dem Totenbett,
Nennt ihn den honigzüngigen Boyet.

KÖNIG: Die Pocken wünsch ich solchen Honigzungen!
Sein Wort verwirrte doch Armados Jungen!

Prinzessin, von Boyet geführt,
kommt mit Rosaline, Katharine, Maria und Gefolge

BIRON: Sie kommen, seht! Wer konnte je sich zieren,
Eh dieser Narr das lehrte? Ach: Manieren!

KÖNIG: Schönste Prinzessin! Heil und Segen viel!

PRINZESSIN: Was? Fielen sie? Konnten sie denn nicht stehn?

KÖNIG: Wollt, bitte, meine Wünsche nicht verdrehn!

PRINZESSIN: So wünscht sie besser, dann kommt Ihr ans Ziel.

KÖNIG: Wir kommen zu Besuch: Macht euch bereit,
Beehret unsern Hof, wenn Ihr's geruht.

PRINZESSIN: Ich bleib dem Zelt hier treu. Ihr Eurem Eid!
Nicht Gott noch ich sind Eidbrüchigen gut.

KÖNIG: Tadelt mich nicht für das, was Ihr bewirkt:
Die Tugend eures Blicks bricht meinen Schwur.

PRINZESSIN: Sprecht nicht von Tugend, wo sich Laster birgt.
Sonst sieht mein Blick eidbrüchige Männer nur.
Bei meiner Mädchenehre, noch so rein
Wie unbefleckte Lilien, muß ich sagen:
Eh ich den Fuß setzt in Eu'r Haus hinein,
Wollt alle Foltern lieber ich ertragen!
So haß ich's, Grund zu sein, daß Ihr den Eid
Brecht, und durch meine Schuld meineidig seid!

KÖNIG: Wie in der Wüste habt ihr hier gelebt!
Allein, verlassen – sehr zu unsrer Schmach!
PRINZESSIN: Nein, nein, mein Herr! Ihr irrt Euch sehr: Vergebt!
Uns zogen Spiel und Unterhaltung nach.
Vier junge Russen gingen grad erst fort.
KÖNIG: Russen, Prinzessin?
PRINZESSIN: Ja, wirklich wahr, Mylord!
Artige Herrn, denen's an nichts gebrach!
ROSALINE: Ach, Herrin, nein! – Herr, nehmt sie nicht beim Wort.
Die Herrin, nach der Sitte unsrer Zeit,
Lobt sie ganz unverdient – aus Höflichkeit!
Vier Herrn in Russentracht waren zwar hier,
Langweilten eine Stunde lang uns vier,
Sie sprachen viel, doch in der ganzen Stunde
Kam nicht ein kluges Wort aus ihrem Munde.
»Narr'n« sag ich ungern, doch eins sei gesagt:
Selbst Narren trinken, wenn der Durst sie plagt.
BIRON: Ein trockener Spaß! – Mein witziges Fräulein, Ihr
Macht Klugheit selbst zum Narrn. – Denn grüßen wir
Des Himmels Feueraug mit Augen noch so gut,
Raubt uns sein Licht ihr Licht: Das ist's, was Ihr auch tut!
Daß Euer großer Geist sich doch erbarm!
Sonst scheint der Weise dumm, der Reiche arm.
ROSALINE: Womit Ihr Euch als klug und reich erweist,
Denn *mein* Aug sieht Euch …
BIRON: … arm und schwach an Geist!?
ROSALINE: Das Wort vom Mund mir rauben, wäre schlecht!
Doch nehmt Ihr nur, was Euer war zu Recht.
BIRON: O, ich bin Euer! Ganz: mit Leib und Leben!
ROSALINE: Der ganze Narr?
BIRON: Ich kann nicht weniger geben.
ROSALINE: Sagt, welche von den Masken trugt denn Ihr?
BIRON: Wo? Welche? Wann? – Was denkt Ihr denn von mir?
ROSALINE: Da, vorhin, die: Die überzählige Haut,
Die schön tut und versteckt, wovor uns graut.
KÖNIG: Die spotten uns jetzt nur! Wir sind durchschaut!
DUMAIN: Gestehn wir es, und wenden wir's zum Spaß!
PRINZESSIN: Herr, staunt Ihr? Euer Hoheit blicken traurig?

Rosaline: Hilfe! Reibt ihm die Stirn! Herr, Ihr seid blaß?
Seekrank! Ihr fuhrt ja grad aus Moskau her!
Biron: Der Himmel straft uns für den Meineid schwer.
Länger ertrüg's auch keine Stirn aus Erz!
Hier steh ich, Schönste! Und du triffst mich sehr,
Verwunde mich, schlag mich mit deinem Scherz!
Durchbohre mich mit deinem scharfen Sinn,
Ja, deine Klugheit splittert mich zu Scherben!
Nie mehr tret ich als Tänzer vor dich hin!
Nie will ich mehr als Russe dich umwerben!
Nie will ich einstudiertem Text mehr traun,
Auch nicht der Schlagfertigkeit halber Kinder!
Nie soll mein Lieb mich mehr verkleidet schaun,
Noch sing ich Liebe wie zur Harfe ein Blinder.
Fort, tafftne Phrasen, seidenweich Geklinge,
Samtne Hyperbeln, voll Pedanterie:
Nur Maden zeugen diese Schmetterlinge,
Und ich bin schillernd und zu leicht wie sie.
Ich fluch ihnen! Beim weißen Handschuh hier!
(Wie weiß die Hand ist, das weiß Gott allein)
Mein Liebesflehn ist künftig ohne Zier;
Ein schlichtes Ja und ein sackgrobes Nein.
Und gleich von Anfang: glaub mir, Schatz, gewiß:
Mein Herz ist gänzlich dein, sans Sprung und Riß.
Rosaline: Bitte sans sans.
Biron: Ja, noch plagt mich ein Hang
Der alten Art. Verzeiht: Ich bin noch krank.
Doch nach und nach vergeht's. Dann bin ich frei.
Schreibt »Herrgott, Gnade uns« auf diese drei.
In ihren Herzen hört ihr Krankheit ticken:
Sie steckten sich arg an an Euren Blicken.
Doch sind sie heimgesucht, seid ihr nicht frei,
Denn ihre Zeichen tragt ihr alle drei.
Prinzessin: Nein, frei sind die, die uns die Zeichen gaben.
Biron: Wir sind bankrott. Wollt uns nicht untergraben.
Rosaline: Das stimmt doch nicht. Wie könnt es sonst wohl sein,
Daß die Bankrotten weiter um uns frein?
Biron: Laßt mich in Frieden! Ich laß Euch allein.

ROSALINE: Das sollt Ihr, wenn sich's fügt nach meinem Sinn.
BIRON: Sagt, was ihr wollt. Mein Scharfsinn ist dahin.
KÖNIG: Lehrt uns, o Schönste, wie unser Vergehn
 Zu sühnen wär?
PRINZESSIN: Am schönsten durch Gestehn.
 Kamt ihr nicht vorhin her als Maskenzug?
KÖNIG: Ja, Fräulein.
PRINZESSIN: Und ihr wußtet's klar genug?
KÖNIG: Ich ja, o Schönste!
PRINZESSIN: So, nun bringt auch vor,
 Was sagtet Eurer Dame Ihr ins Ohr?
KÖNIG: Daß ich sie lieb mehr als die ganze Welt.
PRINZESSIN: Ihr stoßt sie fort, wenn sie beim Wort Euch hält.
BIRON: Bei meiner Ehre, nein!
PRINZESSIN: Still, still! Nun schweigt!
 Wir wissen noch, wie Ihr zum Meineid neigt.
KÖNIG: Eidbrecher schimpft mich, wenn ich es verdiene!
PRINZESSIN: Ich will's, drum haltet Treue. – Rosaline,
 Was sagte dieser Russe dir ins Ohr?
ROSALINE: Ich sei ihm mehr als Augenlicht! Er schwor,
 Ich sei ihm teurer als die ganze Welt.
 Und weiter sagt er, er wollt mich erwerben
 Als Frau, oder aus Liebe zu mir sterben.
PRINZESSIN: Gott schenk dir Glück mit ihm! Der edle Lord
 Hält als ein echter König nun sein Wort.
KÖNIG: Prinzeß, was soll das? – Ehr und Seligkeit!
 Nie schwor ich diesem Fräulein diesen Eid!
ROSALINE: Bei Gott, Ihr tatet's! Und Ihr gabt dies Stück
 Als Pfand mir in die Hand. – Da, nehmt's zurück!
KÖNIG: Der Fürstin schwor ich Lieb, schickt ich dies Pfand.
 An diesem Goldreif hab ich sie erkannt.
PRINZESSIN: Doch den trug Rosaline, Herr! – Verzeiht!
 Mir aber hat sich Herr Biron geweiht.
 (Zu Biron): Wollt Ihr nun mich oder die Perlen haben?
BIRON: Nein, weder noch. Behaltet eure Gaben! –
 Ihr habt wohl unser Maskenspiel entdeckt –
 Im voraus schon, und ihr habt ausgeheckt,
 Uns hochzunehmen, wie im Weihnachtsspiel…

Ein Kerl war da, der redete zuviel,
Ein Ohrenbläser, Tratschmaul, Tellerlecker,
Schmarotzer, Höfling, Sensations-Entdecker,
Der sich gut auskennt im Gesichtermachen
Und bringt die Gnädige stets nach Wunsch zum Lachen –
Worauf die Damen die Geschenke tauschten
Und unsern Schwüren an die andre lauschten…
So folgt ein zweiter Eidbruch auf der Spur
Von unserm ersten – doch durch Irrtum nur.
So ist das wohl. *(Zu Boyet)*: Das habt wohl Ihr erdacht,
Wie man uns spottet und zu Lügnern macht?!
Folgt Ihr nicht meiner Dame Schritt um Schritt
Folgt jedem ihrer Blicke wie der Blitz,
Geht Ihr nicht immer, sie zu schützen, mit,
Und reicht ihr Speisen – und auch diesen Witz?!
Ihr habt den Pagen uns verwirrt. – Gebt Ruh!
Und sterbt Ihr, deck ein Weiberhemd Euch zu!
Ihr grinst noch? Euer Blick sticht mich herunter.
Wie ein Theaterschwert!

BOYET: Ihr reimt recht munter,
Und wacker schlugt Ihr Euch in dem Turnier.

BIRON: Er stichelt weiter! – Still! Zu Ende hier!

Schädel tritt auf

Willkommen, Schädel! – Spalte unsern Streit!

SCHÄDEL: Oh, edler Herr, entscheidet: was soll sein?
Spieln die drei Wunder jetzt, ja oder nein?

BIRON: Was, drei nur?

SCHÄDEL: Neun, Herr, das üst würklüch feun:
Jeder spielt drei!

BIRON: Und dreimal drei ist neun.

SCHÄDEL: Nein, nein, Herr! Herr, erlaubt: Das ist es nicht!
Nein, Herr, so kommt uns nicht! Wir legen drauf Gewicht!
Auch unsereiner weiß, wovon er spricht…
Ich hoff, Herr, dreimal drei, Herr, …

BIRON: Ist nicht neun.

SCHÄDEL: Gestattet, Herr, wir wissen schon, wieviel dabei herauskommt.

BIRON: Bei Gott, ich glaubte immer, es sei neun.

SCHÄDEL: Meiner Treu, Herr, dann wär's ein Jammer, wenn Ihr vom Rechnen leben müßtet.

BIRON: Wieviel ist es denn?

SCHÄDEL: Meiner Treu, Herr, die Beteiligten selbst, die Schauspieler, Herr, die werden schon darstellen, wieviel dabei herauskommt. Ich für mein Teil soll, wie sie sagen, nur einen Mann vollenden, nur einen armseligen Mann, Pompejus den Großen.

BIRON: Bist du eins der Wunder an Tapferkeit?

SCHÄDEL: Es beliebte ihnen, mich für tapfer genug für Pompejus den Großen zu halten. Ich für mein Teil kenne gar nicht den Grad seiner Tapferkeit, aber ich will für ihn einstehen.

BIRON: Geh, sag ihnen, sie sollen sich fertig machen.

SCHÄDEL: Wir wollen es ganz fein durchdrehen, Herr. Wir machens mit Sorgfalt. *Ab*

KÖNIG: Biron, die werden uns blamieren. Laß sie nicht auftreten.

BIRON:

Uns kann nichts mehr blamieren; unser Ansehn kann nur steigen,
Wenn wir was noch Schlechteres als den König samt Königshof zeigen.

KÖNIG: Nein, sie sollen nicht auftreten.

PRINZESSIN: Nein, Herr! Tut's mir zulieb und laßt sie spielen.
Das Lustige ists oft ganz wider Willen.
Wenn man gefallen will nur, Knall und Fall
Und so zu Fall kommt, und mit lautem Schall,
Das ist die Zufallskomik, die gefällt:
Ein Berg in Wehen bringt ne Maus zur Welt.

BIRON: Paßt ganz genau auf unser Spiel, mein Fürst.

Armado tritt auf

ARMADO: Gesalbter, ich flehe um so viel Vergeudung deines königlichen Lungenduftes, wie nötig ist, um ein Paar von Worten zu äußern.

Spricht mit dem König, und gibt ihm ein Papier

PRINZESSIN: Dient dieser Mann Gott?

BIRON: Warum fragt Ihr?

PRINZESSIN: Er spricht nicht wie ein Geschöpf Gottes.

ARMADO: Das ist ganz egal, mein Schöner, mein süßer Honigmonarch, denn, glaubet mir, der Schulmeister ist über die Maßen phantastisch; zu eitel, viel zu eitel: aber wir überlassen das, wie man sagt, der fortuna de la guerra. Ich wünsche euch den Frieden der Seele, höchst königlich Gepaartes!

KÖNIG: Das scheint ja eine gute Darbietung von tapferen Helden zu werden. Er stellt Hektor vor Troja dar; der Schäfer Pompejus den Großen, der Dorfpfarrer den Alexander, Armados kleiner Page den Herkules und der pedantische Schulmeister den Judas Maccabäus.
Und wenn diese vier Tapfern zuerst euch gefielen,
So ziehn sie sich um, die fünf andern zu spielen.

BIRON: Fünf sind's doch schon im ersten Spiel.

KÖNIG: Ihr täuscht euch, es sind nicht so viel.

BIRON:
Pedant, Prahlhans, Winkelpriester, der Narr und der Junge …
Ein Meisterwurf! Wenn ihr die ganze Welt durchspäht,
Ihr findet keine fünf von gleicher Majestät.

KÖNIG: Hier kommt ihr Schiff, die Segel sind gebläht!

Schädel tritt als Pompejus auf

SCHÄDEL: Ich bin Pompejus …

BIRON: Du lügst, der warst du nie!

SCHÄDEL: Ich bin Pompejus …

BOYET: Mit dem Löwenkopf am Knie!

BIRON: Gut, alter Spötter! Dein Feind wär ich lieber nie!

SCHÄDEL: Ich bin Pompejus, den man nennt den Dicken …

DUMAIN: Den Großen!

SCHÄDEL: Das kommt auf eins raus: »den man nennt, den Großen«;
Hab oft im Kriegsgefild mit Tartsche und mit Schild
Bis daß er schwitzte, meinen Feind gestoßen.
Ich reist hier längs der Küste hin und kam durch Zufall heut,
Und streck die Waffen vor den Knien dieser Franzosenmaid! –
Wenn Madame jetzt sagen wollten »Danke, Pompejus!«, so wär ich zu Ende.

PRINZESSIN: Großen Dank, großer Pompejus!

SCHÄDEL: So viel ist's gar nicht wert; aber ich hoffe, ich war perfekt. Ich hab einen kleinen Fehler gemacht mit dem »Großen«.

BIRON: Meinen Hut gegen einen halben Groschen, Pompejus wird der beste von den Tapferen sein.

Nathaniel kommt als Alexander

NATHANIEL: Als auf der Welt ich lebt', war ich der Welt Kommander.
In Ost, West, Nord, Süd mehrt' ich mein erobert Reich!
Mein Wappenschild sagt klar, ich bin der Alisander –

BOYET: Doch Eure Nase nicht, die sieht ihm gar nicht gleich!

BIRON: So naseweis ist doch kein Weiser außer Euch!
PRINZESSIN: Der Feldherr ist verwirrt. Los, guter Alexander!
NATHANIEL: Als auf der Welt ich lebt', war ich der Welt Kommander,
BOYET: Stimmt, Stimmt! Ganz recht: Das wart Ihr, Alisander!
BIRON: Großer Pompejus!
SCHÄDEL: Euer Diener Schädel!
BIRON: Führt den Eroberer weg! Weg mit dem Alisander!
SCHÄDEL *(zu Nathaniel)*: Ach Herr, Ihr habt Alisander den Eroberer unterliegen lassen! Dafür werdet Ihr aus dem gemalten Vorhang ausgekratzt werden! Euer Löwe, der auf dem Nachtstuhl sitzt und seine Hellebarde hält, wird dem Ajax gegeben werden, und dann wird der das neunte Wunder an Tapferkeit sein. Ein Feldherr, ein Eroberer, und fürchtet sich zu sprechen! Schäm dich und troll dich, Alisander! *(Nathaniel geht ab)* Da, Euer Gnaden mögen dran Gefallen finden: ein einfältiger, sanftmütiger Mann; ein ehrlicher Mann; wohlgemerkt, und schnell aus der Fassung gebracht! Er ist ein ganz ausgezeichnet guter Nachbar, meiner Treu, und auch ein sehr guter Kegelspieler. Aber, was Alisander betrifft – du meine Güte! Ihr seht ja, wie es ist – ein wenig überrollt von seiner Rolle. Aber da kommen noch andere Wunder der Tapferkeit, die werden sich schon trauen zu sagen, was sie im Kopf haben.
PRINZESSIN: Tritt zur Seite, guter Pompejus.

Holofernes tritt als Judas, Motte als Herkules auf

HOLOFERNES: Den großen Herkules stellt dieser Kleine dar,
Des Keul' schlug Zerberus, den dreiköpfigen Canus,
Und der, als er noch Knirps und Säugling war,
Schon Schlangen würgte – so – in seiner manus.
Quoniam er stets ist minorenn noch hier,
Geb ich diese Apologie von mir. –
(Zu Motte): Nun zeig dich auf dem Abtritt mit Manier!

Motte ab

HOLOFERNES: Judas bin ich...
DUMAIN: Ein Judas!
HOLOFERNES: Nicht Ischariot!
Entscheidet Euch nicht falsch:
Judas bin ich, geheißen Maccabäus.
DUMAIN: Beschneidet Maccabäus man, bleibt Judas.
BIRON: Ein küssender Verräter! – Wie bist du

Zum Judas worden? Sag mir's!
HOLOFERNES: Judas bin ich!...
DUMAIN: So schäm dich dafür, Judas!
HOLOFERNES: Was wollt Ihr, Herr?
BOYET: Daß Judas sich erhängt!
HOLOFERNES: Gebt mir ein Beispiel Herr, denn Ihr habt vor mir Vorrang.
BIRON: Judas hat selbst ein Beispiel gegeben,
Ganz ohne Vorhang, unter freiem Himmel.
HOLOFERNES: Ihr könnt mich nicht aus der Fassung bringen!
BIRON: Weil du gar keine Façon hast!
HOLOFERNES: Ihr bringt es nicht dazu, daß ich Gesicht verliere.
BIRON: Weil du gar kein Gesicht hast!
HOLOFERNES: Was ist denn das?
BOYET: Ein Pfeifenkopf.
DUMAIN: Ein Kopf von einer Hutnadel!
BIRON: Ein Totenkopf in einem Ring.
LONGAVILLE: Das Gesicht auf einer alten Römermünze, kaum zu sehen.
BOYET: Der Knauf von Caesars Schwert.
DUMAIN: Die geschnitzte Fratze an einem Pulverhorn.
BIRON: Der St. Georgskopf auf einer Schaumünze.
DUMAIN: Ja, aber auf einer bleiernen!
BIRON: Ja, die ein Zahnbrecher auf der Mütze trägt.
Und jetzt sprich weiter, denn wir haben dir den Kopf zurechtgesetzt.
HOLOFERNES: Ihr habt mir den Kopf verdreht.
BIRON: Stimmt nicht, wir haben dir Gesichter zurechtgeschnitten.
HOLOFERNES: Und mir das Wort abgeschnitten, daß ich meinen Text aus dem Gesicht verloren habe.
BIRON: Auch wenn du ein Löwe wärst. So sollt' es geschehn.
BOYET: Weil es leider ein Eslein ist, heißt das Eslein gehn.
Drum Adieu, süßer Jud! Worauf wartest du noch?
DUMAIN: Auf das Ende seines Namens.
BIRON: Aas? Eslein? Nun, Judaslein, pack dich doch!
HOLOFERNES: Das ist nicht fein und artig und edel gedacht!
BOYET: Leuchtet Judas schön heim! Er könnt stolpern bei Nacht!
Holofernes ab
PRINZESSIN: Ach, armer Maccabäus! Wie ihm mitgespielt wurde!

Armado tritt als Hekor auf

BIRON: Verhülle dein Haupt, Achilles! Hier kommt Hektor in Waffen!

DUMAIN: Fällt auch der Spott auf mich zurück,
Ich will doch lachen bei dem Stück!

KÖNIG: Hektor war nur ein simpler Trojer gegen den da.

BOYET: Aber ist das Hektor?

KÖNIG: Ich denke, Hektor war nicht so schön gebaut.

LONGAVILLE: Seine Keule ist zu groß für Hektor.

DUMAIN: Mehr Kalbskeule, sicherlich.

BOYET: Ja, schöne schlanke Fesseln.

BIRON: Das kann nicht Hektor sein.

DUMAIN: Er ist ein Gott oder ein Maler, denn er macht Gesichter.

ARMADO: Der waffengewaltige Mars, im Speerwurf allgemächtig,
Gab Hektor ein Geschenk…

DUMAIN: Eine vergoldete Muskatnuß!

BIRON: Eine Zitrone!

LONGAVILLE: Mit Näglein besteckt!

DUMAIN: Nein, vernagelt und ausgeronnen.

ARMADO: Still!
Der waffengewaltige Mars, im Speerwurf allgemächtig,
Gab Hektor ein Geschenk, dem Ilions Erb zufällt.
Und Hektor war so stark, daß er in das Gefecht sich
Stürzte von Früh bis Nacht vor seinem Zelt.
Und ich bin diese Blum…

DUMAIN: Bin diese Krausemünze.

LONGAVILLE: Bin diese Kuckucksblume!

ARMADO: Bester Herr Longaville, haltet eure Zunge im Zaum!

LONGAVILLE: Ich muß ihr die Zügel vielmehr verhängen, denn sie läuft ja gegen Hektor.

DUMAIN: Ja, und Hektor ist ein Windhund.

ARMADO: Der süße Kriegsmann ist tot und verfault. Süße Küchlein, schlagt doch nicht die Gebeine der Begrabenen! Als er noch atmete, da war er ein Mann – aber ich will weiter in meinem Text. Süße Königsgeschlechter, begnadet mich mit dem Sinn eures Gehörs.

Biron kommt näher

PRINZESSIN: Sprich, tapfrer Hektor, es vergnügt uns sehr.

ARMADO: Ich bete deiner süßen Hoheit Pantoffel an!

BOYET: Der liebt sie nach Füßen.

Dumain: Gewissermaßen in Ermangelung tiefergebender Maßstäbe.
Armado: Hektor, der Hannibal weit überstieg. Die Stunde kommt…
Schädel: Ja mein lieber Hektor, ihre Stunde kommt, sie ist im dritten Monat.
Armado: Wovon sprichst du?
Schädel: Meiner Treu, wenn ihr nicht den treuen Trojer spielt, dann ist das arme Mensch verloren: es hat sie erwischt: das Kind in ihrem Bauch beginnt schon anzugeben, also ist es Eures.
Armado: Infaminierst du mich vor Potentaten? Du mußt sterben!
Schädel: Dann muß Hektor ausgepeitscht werden, wegen der Jaquenetta, in der er neues Leben erweckt hat, und gehängt wegen des Pompejus, den er getötet hat.
Dumain: Allerseltenster Pompejus!
Boyet: Ruhmreicher Pompejus!
Biron: Größer als groß, du großer, großer, großer: Pompejus der Ungeheure!
Dumain: Hektor zittert schon.
Biron: Pompejus ist gerührt! O Ate! Mehr Rachegöttinnen, mehr Aten her!
Stachelt sie an! Stachelt sie an!
Dumain: Hektor wird ihn fordern!
Biron: Ja, auch wenn er nicht mehr Mannesblut im Bauch hat, als ein Floh zum Abendessen einnimmt!
Armado: Beim nördlichen Pol, ich fordere dich zum Kampf.
Schädel: Ich kämpf nicht mit einem Polen, wie die im Norden: ich will ihm nicht mit dem Stock eins versetzen, sondern mit dem Schwert.
Ich bitt euch, leiht mir wieder meine Waffen.
Dumain: Platz da für die entbrannten Wunder der Tapferkeit!
Schädel: Ich tu's in Hemdsärmeln!
Dumain: Höchst offenbar entschlossener Pompejus!
Motte: Mein Herr, seid doch ein wenig aufgeknöpfter. Laßt euch herab. Seht ihr nicht, Pompejus zieht sich schon aus zum Kampf, was glaubt ihr denn? Ihr werdet euren Ruf verlieren.
Armado: Ihr edlen Herrn und Krieger, verzeiht mir: Ich kämpfe nicht im Hemd.
Dumain: Ihr könnt's nicht ablehnen; Pompejus hat euch gefordert.
Armado: Liebe Herzen, ich kann und will es.

BIRON: Was habt ihr für Gründe dafür?

ARMADO: Die nackte Wahrheit ist, ich habe kein Hemd. Ich gehe zur Buße in Wolle.

BOYET: Das ist wahr, und das wurde ihm in Rom auferlegt, weil er kein Leinen hatte. Seit damals, das schwör ich euch, hat er keins mehr getragen, außer einem Küchenlappen Jaquenettas, und den trägt er auf dem Herzen als ihr Geschenk. Also kann er keine Wolle mehr lassen. *Mercade tritt auf*

MERCADE: Gott mit euch, Hoheit!

PRINZESSIN: Sei willkommen, Mercade.
Nur unterbrichst du hier unser Vergnügen.

MERCADE: Hoheit, ich bin betrübt, denn meine Botschaft
Die liegt mir schwer im Mund. Der König, Euer Vater …

PRINZESSIN: Oh Gott! Ist tot?

MERCADE: Ja. Das war meine Botschaft.

BIRON: Wunder der Tapferkeit, geht! Es kommen Wolken.

ARMADO: Ich für mein Teil atme freier. Ich habe den Tag des Unrechts durch das kleine Loch der Diskretion gesehen und will mir selbst recht geben wie ein Kriegsmann.

Die Wunder der Tapferkeit gehen

KÖNIG: Wie fühlt sich Euer Hoheit?

PRINZESSIN: Boyet, laßt packen! Heute abend reis ich.

KÖNIG: Hoheit, nicht doch! Ich fleh Euch an, bleibt da.

PRINZESSIN: Laß packen, sag ich. – Edle Herren, ich dank euch
Für euer freundliches Bemühn und bitte
Grad erst betrübten Herzens, zu entschuldigen
In eurer Weisheit oder zu vergessen
Die ausgelassnen Späße unsrer Laune;
Wenn unsre Keckheit allzu kühn war in
Den Wechselreden, trug nur eure Güte
Die Schuld daran. Lebt wohl, mein edler Fürst!
Ein schweres Herz führt keine glatten Reden:
Verzeiht mir drum, daß ich so kurz nur danke
Für große Güte, die Ihr mir gewährt habt.

KÖNIG: Knappheit der Zeit im letzten Augenblick
Gestaltet alles oft schnell, wie wir's wünschen.
Und oft entscheidet er zu allerletzt,
Was lange Prüfungen nicht schlichten konnten.

Auch wenn die Trauerstirn der Tochter nun
Der Liebe lächelnde Huldigung verbietet,
Und ihre fromme, ernst gemeinte Werbung,
So laßt doch, da die Lieb' als erste vorsprach,
Sie von des Kummers Wolke nicht verjagen
Von ihrem Ziel! Verlornen Freund beweinen
Ist lange nicht so heilsam und so nützlich,
Wie sich der neugefundnen Freunde freun.

PRINZESSIN: Mein Gram wird doppelt: Ich versteh Euch nicht.

BIRON: Bin ehrlich, einfach Wort erreicht sein Ohr doch,
Und dadurch sollt den König Ihr verstehn:
Nur Euch zuliebe schlugen wir die Zeit tot
Und brachen unsern Eid. Nur eure Schönheit
Verwirrte uns und brachte uns soweit,
Uns unsrem Wunsch entgegen aufzuführen.
Doch wenn wir so euch lächerlich erschienen,
Ist doch die Liebe voll von Narrenstreichen,
Voll Launen, sprunghaft, wie ein eitles Kind,
Das Auge weckt sie, drum ist sie dem Auge gleich
Voll sonderbarer Bilder, Taten, Träume,
Rasch wechselnd wie des Auges flüchtiger Blick rollt
Zu allem, was an ihm vorüberzieht.
Wenn so die Narrentracht der losen Liebe,
Drein wir uns hüllten, Euren himmlischen Augen
Verstoß schien gegen unsre Eide und Würden,
So trieben uns zum Unfug, den sie sahen,
Die Himmelsaugen selbst! Denn ihr, ihr Schönen,
Zwangt uns zur Lieb und zu der Liebe Irrtum.
Wir brachen uns unsere eigenen Schwüre,
Um euch den Schwur für immer treu zu halten.
Und unser Eidbruch, an und für sich Sünde,
Sühnt so sich selbst und führt zum Stand der Gnade.

PRINZESSIN: Wir hatten von euch Liebesbriefe und
Als Liebesboten euere Geschenke.
Wir hielten sie in unsrem Mädchenrat
Für Komplimente, höfischen Scherz und Spiel,
Für leichtes Füllwerk aufgebauschter Mode.
Drum waren wir auch unsrerseits nicht ernster

Mit unsren Antworten, und Euer Lieben
Fand drum Erwidrung nur als munteres Spiel.
DUMAIN: Madame, wir schrieben euch weit mehr als Späße.
LONGAVILLE: Und sahn euch anders an!
ROSALINE: Wir lassen's nicht so.
KÖNIG: Noch jetzt, im letzten Augenblick, gewährt uns
Eure Liebe!
PRINZESSIN: Viel zu kurze Zeit, um
Sich eins zu werden über eine Welt,
Die ohne End ist, und es zu beschließen.
Nein, nein, mein Fürst! Noch habt Ihr falsch geschworen
Und steht voll Schuld da, lieber Freund. Drum dieses:
Wenn mir zu Lieb, obwohl Ihr gar nicht Grund habt,
Ihr etwas tun wollt, so tut dies für mich.
Ich trau nicht Eurem Schwur, doch geht in eine
Entlegene, strenge Einsiedelei,
Entfernt von allen Freunden dieser Welt.
Dort bleibt, bis die zwölf Himmelszeichen einmal
Den Lauf vollbracht haben, der uns als Jahr gilt.
Wenn dieses karge, ungesellige Leben
Nicht ändert, was Ihr heißblütig gelobtet,
Wenn Fasten, Frost, Bußtracht und hartes Lager
Nicht Eurer Liebe buntes Blühn ertöten,
Wenn sie dies übersteht und Liebe bleibt,
Dann komm, wenn das Jahr um ist; sprich mich an,
Und sprich mich an, gestützt auf diese Tat,
Und hier, bei dieser jungfräulichen Hand, die
Jetzt deine Hand küßt, ich will dein dann sein.
Bis dahin aber hüll ich mich in Trauer,
Und schließ mich ein ins Trauerhaus und lasse
Die Tränen meiner Klage niederregnen
Um meines Vaters Tod, und denk an ihn.
Schlägst du das ab, trennen sich unsre Hände
Und unserer Herzen Anspruch hat ein Ende.
KÖNIG: Schlug ich das ab – mehr noch! – Um zu genießen
In weichlicher Ruhe meine Macht und Lust,
Dann mag des Todes Hand mein Aug gleich schließen!
Ich tu's! – Nun schlägt mein Herz in deiner Brust.

BIRON: Und was tu ich, mein Lieb? – Und was tu ich?
ROSALINE: Auch Euch tut Buße Not, Ihr seid voll Sünden.
Wie ich dich anseh, drückt noch Meineid dich.
Drum müh dich, willst du meine Liebe finden,
Zwölf Monate lang, und bring sie ohne Ruh
Mit Hilfe und Trost an Krankenbetten zu.
DUMAIN: Und was krieg ich, mein Lieb? – Und was krieg ich?
Ein Weib?
KATHARINE: Gesundheit, einen Bart, und graden Sinn
Wünsch ich dir, dreifach liebevoll, bis dahin.
DUMAIN: Und darf ich sagen: »Dank dir, liebes Weib!«?
KATHARINE: Nein, Herr. Denn noch zwölf volle Monate nicht
Hör ich ein Wort, das so ein Glattkinn spricht.
Erst wenn der König kommt, dann komm auch du.
Hab ich dann Lieb übrig, fällt sie dir zu.
DUMAIN: Ich dien dir treu und redlich all die Zeit!
KATHARINE: Schwör nicht, sonst brichst du wieder deinen Eid.
LONGAVILLE: Was sagt Maria?
MARIA: Zwölf Monat Trauertracht.
Dann Hochzeitskleid, wenn Ihr zur Frau mich macht.
LONGAVILLE: Ich faß mich in Geduld. – Lang ist die Zeit!
MARIA: Wie Ihr, weil Ihr ein langer Junge seid!
BIRON: Sinnt Ihr, mein Fräulein? Herrin, seht auf mich!
Mein Aug spiegelt mein Herz und fragt jetzt dich,
Ergeben hofft's auf deine Antwort nun.
Sag, welchen Liebesdienst kann ich dir tun?
ROSALINE: Ich hörte viel von Euch, mein Herr Biron,
Eh ich Euch traf. Der große Mund der Welt
Verschreit Euch als ganz abgefeimten Spötter,
Sarkastisch und voll beißender Vergleiche,
Die Ihr an Leuten aller Stände auslaßt,
Die Eurem Scharfsinn ausgeliefert sind.
Den Wermut reißt aus Eurem guten Kopf aus,
Um so mich zu gewinnen, wenn Ihr's wollt,
Da ich nicht anders zu gewinnen bin.
Dazu sollt Ihr zwölf Monat lang von heut an
Kranke besuchen, die nicht sprechen können,
Und doch zu ihnen sprechen, wenn sie stöhnen. –

Und Ihr sollt Euren Geist dran wenden, daß sie
Trotz Schmerz und Ohnmacht doch noch lächeln müssen.

BIRON: Noch wildes Lachen in des Todes Rachen?
Das geht nicht, das ist unmöglich. Der Frohsinn
Bewegt nicht den, der mit dem Tode ringt.

ROSALINE: Gut, so erstickt das einen spöttischen Geist,
Der seinen Einfluß nur dem leichten Sinn dankt,
Den seichte Lacher aufbringen für Narren.
Denn der Erfolg von Späßen liegt im Ohr
Des Hörers nur, und niemals auf der Zunge
Des Spaßvogels. Drum, wenn der Kranken Ohren,
Taub von der eignen, bitteren Seufzer Klage,
Auch Euren Witzen Beifall zolln, fahrt fort,
Dann will ich Euch mit diesem Fehler haben.
Doch tun sie's nicht, so werft das Witzeln fort,
Dann finde ich Euch frei von diesem Fehler
Und bin voll Freude über Eure Ändrung.

BIRON: Zwölf Monate! Was immer wird daraus,
Ein Jahr lang heitr' ich auf ein Krankenhaus.

PRINZESSIN: Ja, liebster Fürst! Jetzt sag ich Euch Adieu.

KÖNIG: Nein, Herrin! Wir begleiten Euch zurück...

BIRON: So geht die Werbung nicht aus wie im Stück;
Hans kriegt sein Gretchen nicht! Denn willigten sie ein,
Die Damen, könnt der Scherz schon heut ein Lustspiel sein.

KÖNIG: Mut, Freund! Den Schwank bringen wir schon in Schwung!
Zwölf Monat nur noch!

BIRON: Für ein Stück zu lang!

Armado tritt wieder auf

ARMADO: Süße Majestät, vergönne...

PRINZESSIN: War das nicht Hektor?

DUMAIN: Trojas tapferer Ritter!

ARMADO: Ich küsse deinen königlichen Daumen und nehme Abschied. Ich habe ein Gelübde getan: Ich habe Jaquenetta gelobt, um ihrer süßen Liebe willen drei Jahre lang den Pflug zu führen. Aber, allerwerteste Hoheit, wollt Ihr noch den Dialog hören, den die zwei gelehrten Männer zum Lobe des Kuckucks und des Käuzchens verfaßt haben? Er hätte unser Schauspiel abschließen sollen.

KÖNIG: So ruf sie schnell. Wir hören.

ARMADO: He! Herein!

Holofernes, Nathaniel, Motte, Schädel und andre treten auf

ARMADO: Auf dieser Seite steht hiems, der Winter, und da ver, der Frühling. Die eine Partei wird vom Käuzchen vertreten, von der Eule, die andere vom Kuckuck. Ver, fang an!

Schlußlied

Frühling: Wenn bunt Maßliebchen, Veilchen blau
Und Schneeglöckchen blüht silberweiß,
Wenn Kuckucksblumen rings die Au
Mit Gold bemalen rings im Kreis,
Von jedem Baum verspottet dann
Der Kuckuck jeden Ehemann:
Kucku!
Kucku! Kucku: ein banger Laut,
Vor dem des Ehherrn Ohren graut.
Wenn Lerchenschlag den Pflüger weckt,
Der frohe Schäfer flötet leicht,
Wenn Taube und Fink die Flügel reckt,
Das Mädchen ihren Kittel bleicht,
Von jedem Baum verspottet dann
Der Kuckuck jeden Ehemann:
Kucku!
Kucku! Kucku: ein banger Laut,
Vor dem des Ehherrn Ohren graut.

Winter: Wenn Eiszapfen beschweren die Wand,
Der Hirt sich auf die Nägel haucht,
Wenn Tom die Scheite schleppt zum Brand
Und Milch erst Zeit zum Auftaun braucht,
Wenn's Blut uns stockt, der Weg verschneit,
Dann ist's, daß nachts das Käuzchen schreit.
Komm mit!
Schuhu! Tönt's froh im Kreis,
Und Hanne macht den Kessel heiß.

Wenn rund ums Haus der Sturmwind röhrt,
Wenn Vögel hocken dumm im Schnee,
Wenn Husten selbst die Predigt stört,
Und Marions rote Nas' tut weh,
Und Obst liegt schon zum Punsch bereit,
Dann ist's, daß nachts das Käuzchen schreit.
Komm mit!
Schuhu tönt's froh im Kreis,
Und Hanne macht den Kessel heiß.
Die Worte Merkurs sind rauh nach den Liedern Apollos.

Alle ab

ERICH FRIED IM VERLAG KLAUS WAGENBACH

Es ist was es ist Liebesgedichte, Angstgedichte, Zorngedichte
Eine Gedichtsammlung, die nicht nur das berühmteste Gedicht Erich Frieds enthält, sondern den ganzen Autor vorstellt, mit seinem ästhetischen Anspruch und seinem kritischen Zweifel.
Quartbuch. 112 Seiten

Liebesgedichte
Freundlich und zärtlich beschreibt Erich Fried Gefühle außerhalb des Konsums, das Vertrauen zum anderen dort, wo sonst niemand niemandem traut und jeder zum Feind des anderen gemacht werden soll.
Quartbuch. 104 Seiten

Gründe Gedichte
Eine Auswahl aus dem Gesamtwerk
Die politisch argumentierenden und die Liebesgedichte, die sprachschöpferischen und die sprachspielerischen Gedichte, die Natur- und die Protestgedichte, die erzählerischen, die zornigen, die ermutigenden Gedichte: Ein Wegweiser durch das lyrische Werk.
Herausgegeben von Klaus Wagenbach
SVLTO. Rotes Leinen. Fadengeheftet. 168 Seiten

Als ich mich nach dir verzehrte Gedichte von der Liebe
Diese Gedichte suchen die heutigen Orte der Liebenden auf, auch wenn sie vom Beton der inneren und äußeren Landschaften manchmal ganz zugeschüttet zu sein scheinen.
SVLTO. Rotes Leinen. Fadengeheftet. 96 Seiten

Wunder Kinder Zeit Erzählungen
Die besten Erzählungen Erich Frieds.
SVLTO. Rotes Leinen. Fadengeheftet. 128 Seiten

Erich Fried. Ein Leben in Bildern und Geschichten
Der erste große Bildband zu Erich Fried, mit über dreihundert (überwiegend unbekannten) Abbildungen in Duotone, autobiographischen Lesestücken, Dokumenten, Reden, Handschriften und Lebensdaten. Ein Bilderbuch zum Lesen, ein Lesebuch zum Sehen.
Herausgegeben von Catherine Fried-Boswell und Volker Kaukoreit
1996. Halbleinen. 144 Seiten mit über 350 Abbildungen in Duotone

So kam ich unter die Deutschen
Wie zerrissen, wie fremd leben wir im eigenen Haus?
Gedichte über deutsche Angelegenheiten.
WAT 183. 128 Seiten

Vorübungen für Wunder
Liebesgedichte und Zorngedichte, Gedichte des Zuspruchs und Gedichte über die Zukunft.
WAT 356. 128 Seiten

Am Rand unserer Lebenszeit
Gedichte von der unbeholfenen Wahrheit, die manchmal an die Stelle der Gunst des Wortes tritt, unverbessert und unverbesserlich.
WAT 386. 80 Seiten

Beunruhigungen Gedichte
»Frieds Gedichte suchen Gemeinschaft auch dort, wo sie von Einsamkeit berichten. Es sind die Gedichte eines wahrhaft demokratischen Menschen.«
WAT 292. 96 Seiten *Hans Mayer*

Das Nahe suchen Gedichte
»Ein Lyriker, der die Kunst beherrscht, zwischen den Stühlen, zwischen den Kulturen zu sitzen, ein Genie im Auffinden öffentlicher Fettnäpfchen, ein Dichter, der es nicht aufgibt, Gedichte gegen den Zustand der Welt zu schreiben.«
WAT 297. 96 Seiten *Herbert Heckmann*

Um Klarheit Gedichte gegen das Vergessen
Einer der letzten Gedichtbände Frieds, der ein zentrales Motiv seiner literarischen Arbeit zum Thema macht: Das Fragen, das Erinnern, das Bemühen um Klarheit.
»Wir aber mögen uns stärken sogar an den Schwächen eines klugen, mutigen und integeren Menschen, der unser Zeitgenosse ist.« *Christa Wolf*
WAT 303. 80 Seiten

Die Beine der größeren Lügen Unter Nebenfeinden Gegengift
Drei klassische Gedichtsammlungen Erich Frieds in einem Band.
»Nachhaltige Durchleuchtung von Einwickelverfahren!« *Peter Rühmkorf*
WAT 346. 168 Seiten

Das Unmaß aller Dinge Fünfunddreißig Erzählungen
»Die meisten dieser Texte gehörten in Lesebücher für andere (auch: witzigere) Deutschstunden.« *Alexander von Bormann*
WAT 306. 96 Seiten

Fast alles Mögliche Wahre Geschichten und gültige Lügen
Ein Lesebuch voller berühmt-berüchtigter Geschichten uns entlarvender Satiren.
WAT 389. 144 Seiten

W. SHAKESPEARE ÜBERSETZT VON ERICH FRIED

»Erich Fried ist ein Übersetzer, der das Publikum nicht vergißt. Als radikaler Demokrat will er einen Shakespeare für alle, und nicht nur für die gebildete Elite. Und dennoch ist er ein Mann der Loyalität und des Respekts, für Shakespeare, den Text und die vielen Vorgänger in der Übertragungsarbeit.«

Peter Demetz, FAZ

Ein Sommernachtstraum / Zwölfte Nacht oder Was ihr wollt
Zwei von Shakespeares schönsten und liebestollsten Stücken.
WAT 341. 144 Seiten

Hamlet / Othello
Die beiden Psychokrimis unter Shakespeares großen Tragödien.
WAT 347. 224 Seiten

Romeo und Julia / Maß für Maß
Berühmtes Liebesdrama und gemeine Justizklamotte.
WAT 355. 160 Seiten

Der Kaufmann von Venedig
Das umstrittenste Stück Shakespeares mit einem Dossier über seine Quellen, sozialen Strukturen und Wirkungen.
Mit einem Essay und Materialien von Friedmar Apel
WAT 445. 192 Seiten mit vielen Abbildungen

König Lear / Der Sturm
Die beiden letzten großen Stücke Shakespeares: Der rasende König mit seinen drei Töchtern und Prospero, der zaubernde Intellektuelle.
WAT 475. 192 Seiten

Viel Getu um nichts / Die lustigen Weiber von Windsor
Zwei Shakespeare-Komödien: Vertracktes Intrigenstück und hanebüchene Farce.
WAT 382. 168 Seiten

Wenn Sie mehr über den Verlag und seine Bücher wissen möchten, schreiben Sie uns eine Postkarte (bitte mit Anschrift und ggf. e-mail).
Wir verschicken immer im Herbst die *Zwiebel*, unseren Westentaschenalmanach mit Gesamtverzeichnis, Lesetexten aus unseren Büchern, Photos und Nachrichten aus dem Verlagskontor. *Kostenlos!*

Verlag Klaus Wagenbach, Emser Straße 40/41, 10719 Berlin
www.wagenbach.de